中国儿童文学传世经典

故乡的野菜

周作人 著

山东城市出版传媒集团·济南出版社

图书在版编目（CIP）数据

故乡的野菜 / 周作人著. — 济南：济南出版社，2017.6
（中国儿童文学传世经典）　　　　　　（2023.5重印）
ISBN 978-7-5488-2571-5

Ⅰ.① 故… Ⅱ.①周… Ⅲ.①散文集-中国-现代 Ⅳ.①I266

中国版本图书馆CIP数据核字（2017）第122884号

出 版 人	田俊林
选题策划	孙凤文　　武玉增
图书统筹	林格伦文化
书名题字	李廷忠
内文插画	孙大勇
责任编辑	胡长粤

出版发行	山东城市出版传媒集团　·济南出版社
地　　址	济南市市中区二环南路1号（250002）
发行电话	（0531）67817923　86131701
	86131728　86131704
印　　刷	肥城新华印刷有限公司
版　　次	2017年10月第1版
印　　次	2023年5月第2次印刷
规　　格	170mm×230mm　16开
印　　张	10.5
字　　数	115千
定　　价	36.00元

（济南版图书，如有印装质量问题，请与印刷厂联系调换）

编　者　记

　　这是一套别开生面的书系，这是一套与众不同的书系，这是一套品种丰富、色彩斑斓的书系。

　　我社精选中国现当代文学史上有巨大影响力的作家的代表作，凝聚成"中国儿童文学传世经典"系列，这是一个色彩缤纷的文学世界，是一代代中国孩子童年时代最美好的阅读记忆。我们怀着心中的一份敬畏，一份使命，希望将这些经受住一次次严格检验和磨洗之后的作品流传下来。为此，我社召开了数次研讨会，讨论如何把这些经典的作品用"当代精神"呈现出来。

　　在会上，作家们普遍认可"既然是中国儿童文学传世经典，就应该做出原汁原味的中国风"的提议。是啊，"中国风"就是我们的"当代精神"，任何时代背景下的作家，都在努力传达各自所处时代的"时代精神"，就是这种努力，才让这些作品充满了温暖。于是我们秉承这份美好，坚定了"中国风"的理念。

　　首先，我们根据市场调研反馈，并结合语文新课程标准提出的要求，对入选作品进行优中选优，力争为读者奉上更具实用性和欣赏价值的图书。

第二，在多次会议讨论和充分论证的基础上，我们确定了该丛书的制作、出版等一切工作围绕"中国风"的思路。

第三，在实际操作中，我们在图书的插画上，邀请了国内著名的青年国画家刘庆国、孙大勇、王丹丹等为图书绘制插画。插画力求还原文字本身的面貌，赋予读者新的想象空间。

第四，在图书书名设计上，为了让图书的书名别具一格，我们邀请了几位著名书法家题写，并且保留了中国书法中的繁体字，让读者领略中国传统文化艺术发展五千年来最具有经典标志的民族符号。

第五，在丛书名的设计上，我们选择篆刻这一汉字特有的艺术形式，使其与几位著名书法家题写的书名互相辉映，折射出中华民族文化博大精深的内涵和巨大的魅力。

删繁就简三秋树，领异标新二月花。我们没有邀请专家推荐，没有邀请名师点评，经典的作品，无需过多的解读，只需呈现作品最初的风貌，一切交给读者来审视和理解。

希望读者畅游于文学经典之中时，不仅能体会到中国的书画之美，也能感受到母语的文字之美。这是我们的初衷，也是我们想要奉献给读者的。

2017 年 6 月

目 录

西山小品 / 1

自己的园地 / 7

怀 旧 / 10

玩 具 / 13

故乡的野菜 / 16

北京的茶食 / 20

济南道中 / 22

济南道中之二 / 25

济南道中之三 / 29

苦 雨 / 33

喝 茶 / 37

鸟 声 / 42

谈 酒 / 44

乌篷船 / 48

金 鱼 / 52

虱 子 / 57

两株树 / 63

苋菜梗 / 69

关于蝙蝠 / 73

村里的戏班子 / 80

北平的春天 / 84

儿时杂事 / 88

卖　糖 / 95

读书的经验 / 98

雨的感想 / 102

风的话 / 107

东昌坊故事 / 113

谈文章 / 118

石板路 / 121

南北的点心 / 126

水乡怀旧 / 133

儿童的书 / 137

冬天的麻雀 / 142

种花和种菜 / 144

儿童的文学 / 146

小人书 / 157

画小人书 / 160

西山小品

一　一个乡民的死

　　我住着的房屋后面，广阔的院子中间，有一座罗汉堂。它的左边略低的地方是寺里的厨房，因为此外还有好几个别的厨房，所以特别称它作大厨房。从这里穿过，出了板门，便可以走出山上。浅的溪坑底里的一点泉水，沿着寺流下来，经过板门的前面。溪上架着一座板桥。桥边有两三棵大树，成了凉棚，便是正午也很凉快，马夫和乡民们常常坐在这树下的石头上，谈天休息着。我也朝晚常去散步。适值小学校的暑假，丰一到山里来，住了两礼拜，我们大抵同去，到溪坑底里去捡圆的小石头，或者立在桥上，看着溪水的流动。马夫的许多驴马中间，也有带着小驴的母驴，丰一最爱去看那小小的可爱而且又有点呆相的很长的脸。

　　大厨房里一总有多少人，我不甚了然。只是从那里出入的时候，在有一匹马转磨的房间的一角里，坐在大木箱的旁边，用脚

踏着一枝棒，使箱内扑扑作响的一个男人，却常常见到。丰一教我道，那是寺里养那两匹马的人，现在是在那里把马所磨的麦的皮和粉分做两处呢。他大约时常独自去看寺里的马，所以和那男人很熟悉，有时候还叫他，问他各种小孩子气的话。

这是旧历的中元那一天。给我做饭的人走来对我这样说，大厨房里有一个病人很沉重了。一个月以前还没有什么，时时看见他出去买东西。旧历六月底说有点不好，到十多里外的青龙桥地方，找中医去看病。但是没有效验，这两三天倒在床上，已经起不来了。今天在寺里做工的木匠把旧板拼合起来，给他做棺材。这病好像是肺病。在他床边的一座现已不用了的旧灶里，吐了许多的痰，满灶都是苍蝇。他说了又劝告我，往山上去须得走过那间房的旁边，所以现在不如暂时不去的好。

我听了略有点不舒服。便到大殿前面去散步，觉得并没有想上山去的意思，至今也还没有去过。

这天晚上寺里有焰口施食。方丈和别的两个和尚念咒，方丈的徒弟敲钟鼓。我也想去一看，但又觉得麻烦，终于中止了，早早地上床睡了。半夜里忽然醒过来，听见什么地方有铙钹的声音，心里想道，现在正是送鬼，那么施食也将完了罢，以后随即睡着了。

早饭吃了之后，做饭的人又来通知，那个人终于在清早死掉了。他又附加一句道："他好像是等着棺材的做成呢。"

怎样的一个人呢？或者我曾经见过也未可知，但是现在不能知道了。

他是个独身，似乎没有什么亲戚。由寺里给他收拾了，便于上午在山门外马路旁的田里葬了完事。

在各种的店里，留下了好些的欠账。面店里便有一元余，油酱店一处将近四元。店里的人听见他死了，立刻从账簿上把这一页撕下烧了，而且又拿了纸钱来，烧给死人。木匠的头儿买了五角钱的纸钱烧了。住在山门外低的小屋里的老婆子们，也有拿了一点点的纸钱来吊他的。我听了这话，像平常一样的，说这是迷信，笑着将他抹杀的勇气，也没有了。

一九二一年八月三十日作

二　卖汽水的人

我的间壁有一个卖汽水的人。在般若堂院子里左边的一角，有两间房屋，一间作为我的厨房，里边的一间便是那卖汽水的人住着。

一到夏天，来游西山的人很多，汽水也生意很好。从汽水厂用一块钱一打去贩来，很贵地卖给客人。倘若有点认识，或是善于还价的人，一瓶两角钱也就够了，否则要卖三四角不等。礼拜日游客多的时候，可以卖到十五六元，一天里差不多有十元的利益。这个卖汽水的掌柜本来是一个开着煤铺的泥水匠，有一天到寺里来作工，忽然想到在这里来卖汽水，生意一定不错，于是开

张起来。自己因为店务及工作很忙碌，所以用了一个伙计替他看守，他不过偶尔过来巡视一回罢了。伙计本是没有工钱的，伙食和必要的零用，由掌柜供给。

我到此地来了以后，伙计也换了好几个了，近来在这里的是一个姓秦的二十岁上下的少年，体格很好，微黑的圆脸，略略觉得有点狡狯，但也有天真烂漫的地方。

卖汽水的地方是在塔下，普通称作塔院。寺的后边的广场当中，筑起一座几十丈高的方台，上面又竖着五枝石塔，所谓塔院便是这高台的上边。从我的住房到塔院底下，也须走过五六十级的台阶，但是分作四五段，所以还可以上去，至于塔院的台阶总有二百多级，而且很峻急，看了也要目眩，心想这一定是不行罢，没有一回想到要上去过。塔院下面有许多大树，很是凉快，时常同了丰一，到那里看石碑，随便散步。

有一天，正在碑亭外走着，秦也从底下上来了。一只长圆形的柳条篮套在左腕上，右手拿着一串连着枝叶的樱桃似的果实。见了丰一，他突然伸出那只手，大声说道："这个送你。"丰一跳着走去，也大声问道：

"这是什么？"

"郁李。"

"哪里拿来的？"

"你不用管。你拿去好了。"他说着，在狡狯似的脸上现出亲和的微笑，将果实交给丰一了。他嘴里动着，好像正吃着这果

实。我们拣了一颗红的吃了，有李子的气味，却是很酸。丰一还想问他什么话，秦已经跳到台阶底下，说着"一二三"，便两三级当作一步，走了上去，不久就进了塔院第一个的石的穹门，随即不见了。

这已经是半月以前的事情了。丰一因为学校将要开学，也回到家里去了。昨天的上午，掌柜的侄子飘然地来了。他突然对秦说，要收店了，叫他明天早上回去。这事情大鹘突，大家都觉得奇怪，后来仔细一打听，才知道因为掌柜知道了秦的作弊，派他的侄子来查办的。三四角钱卖掉的汽水，都登了两角的账，余下的都没收了存放在一个和尚那里，这件事情不知道有谁用了电话告诉了掌柜了。侄子来了之后，不知道又在哪里打听了许多话，说秦买怎样的好东西吃，半个月里吸了几盒的香烟，于是证据确凿，终于决定把他赶走了。

秦自然不愿意出去，非常得颓唐，说了许多辩解，但是没有效。到了今天早上，平常起得很早的秦还是睡着，侄子把他叫醒，他说是头痛，不肯起来。然而这也是无益的了，不到三十分钟的工夫，秦悄然地出了般若堂去了。

我正在有那样大的黑铜的弥勒菩萨坐着的门外散步。秦从我的前面走过，肩上搭着被囊，一边的手里提了盛着一点点的日用品的那一只柳条篮。从对面来的一个寺里的佃户见了他问道：

"哪里去呢？"

"回北京去！"他用了高兴的声音回答，故意地想隐藏他的

忧郁的心情。

我觉得非常的寂寥。那时在塔院下所见的浮着亲和的微笑的狡狯似的面貌，不觉又清清楚楚地再现于我的心眼的前面了。我立住了，暂时望着他彳亍地走下那长的石阶去的寂寞的后影。

八月三十日在西山碧云寺

[附记]

这两篇小品是今年秋天在西山时所作，寄给几个日本的朋友所办的杂志《生长的星之群》，登在一卷九号上，现在又译成中国语，发表一回。虽然是我自己的著作，但是此刻重写，实在只是译的气氛，不是作的气氛。中间隔了一段时光，本人的心情已经前后不同，再也不能唤回那时的情调了。所以我一句一句地写，只是从另一张纸上誊录过来，并不是从心中沸涌而出，而且选字造句等等翻译上的困难也一样地围困着我。这一层虽然不能当作文章拙劣的辩解，或者却可以当作它的说明。

一九二一年十二月十五日

自己的园地

一百五十年前，法国的福禄特尔写了一本小说《亢迭特》（Candide），叙述人世的苦难，嘲笑"全舌博士"的乐天哲学。亢迭特与他的老师全舌博士经历了许多忧患，终于在土耳其的一角里住下，种园过活，才能得到安住。亢迭特对于全舌博士的始终不渝的乐天说，下结论道："这些都是很好，但我们还不如去耕种自己的园地。"这句格言现在已经是"脍炙人口"，意思也很明白，不必再等我下什么注脚。但是现在把他抄来，却有一点别的意义。所谓自己的园地，本来是范围很宽，并不限定于某一种：种果蔬也罢，种药材也罢，——种蔷薇地丁也罢，只要本了他个人的自觉，在他认定的不论大小的地面上，用了力量去耕种，便都是尽了他的天职了。在这平淡无奇的说话中间，我所想要特地声明的，只是在于种蔷薇地丁也是耕种我们自己的园地，与种果蔬药材，虽是种类不同而有同一的价值。

我们自己的园地是文艺，这是要先声明的。我并非厌薄别种活动而不屑为，——我平常承认各种活动于生活都是必要，实在

是小半由于没有这种的才能，大半由于缺少这样的趣味，所以不得不在这中间定一个去就。但我对于这个选择并不后悔，并不惭愧园地的小与出产的薄弱而且似乎无用。依了自己的心的倾向，去种蔷薇地丁，这是尊重个性的正当办法，即使如别人所说各人果真应报社会的恩，我也相信已经报答了，因为社会不但需要果蔬药材，却也一样迫切地需要蔷薇与地丁，——如有蔑视这些的社会，那便是白痴的，只有形体而没有精神生活的社会，我们没有去顾视他的必要。倘若用了什么名义，强迫人牺牲了个性去侍奉白痴的社会，——美其名曰迎合社会心理，——那简直与借了伦常之名强人忠君，借了国家之名强人战争一样的不合理了。

有人说道，据你所说，那么你所主张的文艺，一定是人生派的艺术了。泛称人生派的艺术，我当然是没有什么反对，但是普通所谓人生派是主张"为人生的艺术"的，对于这个我却略有一点意见。"为艺术的艺术"将艺术与人生分离，并且将人生附属于艺术，至于如王尔德的提倡人生之艺术化，固然不很妥当；"为人生的艺术"以艺术附属于人生，将艺术当作改造生活的工具而非终极，也何尝不把艺术与人生分离呢？我以为艺术当然是人生的，因为他本是我们感情生活的表现，叫他怎能与人生分离？"为人生"——于人生有实利，当然也是艺术本有的一种作用，但并非唯一的职务。总之艺术是独立的，却又原来是人性的，所以既不必使他隔离人生，又不必使他服侍人生，只任他成为浑然的人生的艺术便好了。"为艺术"派以个人为艺术的工匠，"为人生"派以艺术为人生的仆役。现在却以个人为主人，表现情思而成艺术，即为其生活之一部分，初不为福利他人而作，而他人接触这艺术，得到一种共鸣与感兴，使其精神生活充实而丰富，又即以为实生活的基本；这是人生的艺术的要点，有独立的艺术美与无形的功利。我所说的蔷薇地丁的种作，便是如此。有些人种花聊以消遣，有些人种花志在卖钱；真种花者以种花为其生活，——而花亦未尝不美，未尝于人无益。

怀　旧

　　读了郝秋圃君的杂感《听一位华侨谈话》，不禁引起我的怀旧之思。我的感想并不是关于侨民与海军的大问题的，只是对于那个南京海军鱼雷枪炮学校的前身，略有一点回忆罢了。

　　海军鱼雷枪炮学校大约是以前的《封神传》式的"雷电学校"的改称，但是我在那里的时候，还叫作"江南水师学堂"，这已是二十年前的事情了。那时鱼雷刚停办，由驾驶管轮的学生兼习，不过大家都不用心。所以我现在除了什么"白头鱼雷"等几个名词以外，差不多忘记完了。

　　旧日的师长里很有不能忘记的人，我是极表尊敬的，但是不便发表，只把同学的有名人物数一数罢。勋四位的杜锡珪君要算是最阔了，说来惭愧，他是我进校的那一年毕业的，所以终于"无缘识荆"。同校三年，比我们早一班毕业的里边，有中将戈克安君是有名的，又倘若友人所说不误，现任的南京海军……学校校长也是这一班的前辈了。江西派的诗人胡诗庐君与杜君是同年，只因他是管轮班，所以我还得见过他的诗稿。而于我的同班呢，还未出过如此有名的人物，而且又多未便发麦，只好提出一两个故人来说说了。第一个是赵伯先君，第二个是俞榆孙君。伯先随后改入陆师学堂，死于革命运动；榆孙也改入京师医学馆，去年死于防疫。这两个朋友恰巧先后都住在管轮堂第一号，便时常连带着想起。那时刘声元君也在那里学鱼雷，住在第二号，每日同俞君角力，这个情形还宛在目前。

学校的西北角是鱼雷堂旧址，旁边朝南有三间屋曰关帝庙，据说原来是游泳池，因为溺死过两个小的学生，总办命令把它填平，改建关帝庙，用以镇压不祥。庙里住着一个更夫，约有六十岁，自称是个都司，每日三次往管轮堂的茶炉去取开水，经过我的铁格窗外，必定和我点头招呼（和人家自然也是一样），有时拿了自养的一只母鸡所生的鸡蛋来兜售，小洋一角买十六个。他很喜欢和别人谈长毛时事，他的都司大约就在那时得来，可惜我

当时不知道这些谈话的价值，不大愿意同他去谈，到了现在回想起来，实在觉得可惜了。

关帝庙之东有几排洋房，便是鱼雷厂机器厂等，再往南去是驾驶堂的号舍了。鱼雷厂上午八时开门，中午休息，下午至四五时关门。厂门里边两旁放着几个红色油漆的水雷，这个庞大笨重的印象至今还留在脑里。看去似乎是有了年纪的东西，但新式的是怎么样子，我在那里始终没见过。厂里有许多工匠，每天在那里磨擦鱼雷，我听见教师说，鱼雷的作用全靠着磷铜缸的气压，所以看着他们磨擦，心想这样的擦去，不要把铜渐渐擦薄了么，不禁代为着急。不知现在已否买添，还是仍旧磨擦着那几个原有的呢？郝君杂感中云："军火重地，严守秘密……唯鱼雷及机器场始终未参观。"与我旧有的印象截然不同，不禁使我发生了极大的今昔之感了。

水师学堂是我在本国学过的唯一的学校，所以回想与怀恋很多，一时写说不尽，现在只略举一二，纪念二十年前我们在校时的自由宽懈的日子而已。

十一年八月

玩　具

　　一九一一年德国特勒思登地方开博览会，日本陈列的玩具一部分，凡古来流传者六十九，新出者九，共七十八件，在当时颇受赏识，后来由京都的芸草堂用着色木板印成图谱，名《日本玩具集》，虽然不及清水晴风的《稚子之友》的完美，但也尽足使人怡悦了。玩具本来是儿童本位的，是儿童在"自然"这学校里所用的教科书与用具，在教育家很有客观研究的价值，但在我们平常人也觉得很有趣味，这可以称作玩具之古董的趣味。

　　大抵玩古董的人，有两种特别注重之点，一是古旧，二是稀奇。这不是正当的态度，因为他所重的是古董本身以外的事情，正如注意于恋人的门第产业而忘却人物的本体一样。所以真是玩古董的人是爱那古董本身，那不值钱、没有用、极平凡的东西。收藏家与考古学家以外还有一种赏鉴家的态度，超越功利问题，只凭了趣味的判断，寻求享乐，这才是我所说的古董家，其所以与艺术家不同者，只在没有那样深厚的知识罢了。他爱艺术品，爱历史遗物，民间工艺，以及玩具之类，或自然物如木叶贝壳亦

13

无不爱。这些人称作古董家,或者还不如称之曰好事家(dilettante)更为适切:这个名称虽然似乎不很尊重,但我觉得这种态度是很好的,在这博大的沙漠似的中国至少是必要的,因为仙人掌似的外粗粝而内腴润的生活是我们唯一的路,即使近于现在为世诟病的隐逸。

玩具是做给小孩玩的,然而大人也未始不可以玩;玩具是为小孩而做的,但因此也可以看出大人们的思想。我们知道有许多爱玩具的大人。我常听祖父说唐家的姑丈在书桌上摆着几尊"烂泥菩萨",还有一碟"夜糖"(一名圆眼糖,形似龙眼,故名),叫儿子们念书十遍可吃一颗,但小孩迫不及待,往往偷偷地拿起舔一下,重新放在碟子里。这唐家的老头子相貌奇古,大家替他取一个可笑的诨名,但我听了这段故事,觉得他虽然可笑也是颇可爱的。法兰西(France)的极有趣味的文集里,有一篇批评比国勒蒙尼尔所著《玩具的喜剧》的文章,他说:"我今天发现他时常拿了儿童的玩具娱乐自己,这个趣味引起我对于他的新的同情。我是他的赞成者,因为他的那玩具之诗的解释,又因为他有那神秘的意味。"后来又说,一个小孩在桌上排列他的铅兵,与学者在博物馆整理雕像,没有什么大差异。"两者的原理正是一样的。抓住了他的玩具的顽童,便是一个审美家了。"我们如能对于一件玩具,正如对着雕像或别的美术品一样,发起一种近于那顽童所有的心情,我们内面的生活便可以丰富许多,《孝子传》里的老莱子彩衣弄雏,要是并不为着娱亲,我相信是最可羡慕的生活了！

　　日本现代的玩具，据那集上所录，也并不贫弱，但天沼匏村在《玩具之话》第二章中表示不满说："实在，日本人对于玩具颇是冷淡。极言之，便是被说对于儿童漠不关心，也没有法子。第一是看不起玩具。即在批评事物的时候，常说，这是什么，像玩具似的东西！又常常说，本来又不是小孩（为甚玩这样的东西）。"我回过来看中国，却又怎样呢？虽然老莱子弄雏，《帝城景物略》说及陀螺空钟，《宾退录》引路德延的《孩儿诗》五十韵，有"折竹装泥燕，添丝放纸鸢"等语，可以作玩具的史实的资料，但就实际说来，不能不说是更贫弱了。据个人的回忆，我在儿时不曾弄过什么好的玩具，至少也没有中意的东西，留下较深的印象。北京要算是比较的最能做玩具的地方，但真是固有而且略好的东西也极少见。我在庙会上见有泥及铅制的食器什物颇是精美，其余只是空钟（与《景物略》中所说不同）等还可玩弄，想要凑足十件便很不容易了。中国缺少各种人形玩具，这是第一可惜的事。在国语里几乎没有这个名词，南方的"洋囡囡"同洋灯洋火一样的不适用。须勒格耳博士说东亚的人形玩具，始于荷兰的输入，这在中国大约是确实的：即此一事，尽足证明中国对于玩具的冷淡了。玩具虽不限于人形，但总以人形为大宗，这个损失决不是很微小的，在教育家固然应大加慨叹，便是我们好事家也觉得很是失望。

故乡的野菜

　　我的故乡不止一个，凡我住过的地方都是故乡。故乡对于我并没有什么特别的情分，只因钓于斯游于斯的关系，朝夕会面，遂成相识，正如乡村里的邻舍一样，虽然不是亲属，别后有时也要想念到他。我在浙东住过十几年，南京东京都住过六年，这都是我的故乡，现在住在北京，于是北京就成了我的家乡了。

　　日前我的妻往西单市场买菜回来，说起有荠菜在那里卖着，我便想起浙东的事来。荠菜是浙东人春天常吃的野菜，乡间不必说，就是城里只要有后园的人家都可以随时采食，妇女小儿各拿一把剪刀一只"苗篮"，蹲在地上搜寻，是一种有趣味的游戏的工作。那时小孩们唱道："荠菜马兰头，姊姊嫁在后门头。"后来马兰头有乡人拿来进城售卖了，但荠菜还是一种野菜，须得自家去采。关于荠菜向来颇有风雅的传说，不过这似乎以吴地为主。《西湖游览志》云："三月三日男女皆戴荠菜花。谚云，三春戴荠花，桃李羞繁华。"顾禄的《清嘉录》上亦说："荠菜花俗呼野菜花，因谚有三月三蚂蚁上灶山之语，三日人家皆以野菜花置灶陉

上，以厌虫蚁。清晨村童叫卖不绝。或妇女簪髻上以祈清目，俗号眼亮花。"但浙东人却不很理会这些事情，只是挑来做菜或炒年糕吃罢了。

黄花麦果通称鼠曲草，系菊科植物，叶小微圆互生，表面有白毛，花黄色，簇生梢头。春天采嫩叶，捣烂去汁，和粉作糕，称黄花麦果糕。小孩们有歌赞美之，云：

> 黄花麦果韧结结，
>
> 关得大门自要吃，
>
> 半块拿弗出，一块自要吃。

清明前后扫墓时，有些人家——大约是保存古风的人家——用黄花麦果作供，但不作饼状，做成小颗如指顶大，或细条如小指，以五六个作一攒，名曰茧果，不知是什么意思，或因蚕上山时设祭，也用这种食品，故有是称，亦未可知。自从十二三岁时外出不参与外祖家扫墓以后，不复见过茧果，近来住在北京，也不再见黄花麦果的影子了。日本称作"御形"，与荠菜同为春天的七草之一，也采来做点心用，状如艾饺，名曰"草饼"，春分前后多食之，在北京也有，但是吃去总是日本风味，不复是儿时的黄花麦果糕了。

扫墓时候所常吃的还有一种野菜，俗称草紫，通称紫云英。农人在收获后，播种田内，用作肥料，是一种很被贱视的植物，但采取嫩茎瀹食，味颇鲜美，似豌豆苗。花紫红色，数十亩接连不断，一片锦绣，如铺着华美的地毯，非常好看，而且花朵状若蝴蝶，又如鸡雏，尤为小孩所喜，间有白色的花，相传可以治痢，很是珍重，但不易得。日本《俳句大辞典》云："此草与蒲公英同是习见的东西，从幼年时代便已熟识。在女人里边，不曾采过紫云英的人，恐未必有罢。"中国古来没有花环，但紫云英的花球却是小孩常玩的东西，这一层我还替那些小人们欣幸的。浙东扫墓用鼓吹，所以少年常随了乐音去看"上坟船里的姣姣"；没有钱的人家虽没有鼓吹，但是船头上篷窗下总露出些紫云英和杜鹃的花束，这也就是上坟船的确实的证据了。

十三年二月

中国儿童文学
传世经典

北京的茶食

在东安市场的旧书摊上买到一本日本文章家五十岚力的《我的书翰》，中间说起东京的茶食店的点心都不好吃了，只有几家如上野山下的空也，还做得好点，吃起来馅和糖及果实浑然融合，在舌头上分不出各自的味来。想起德川时代江户的二百五十年的繁华，当然有这一种享乐的流风余韵流传到今日，虽然比起京都来自然有点不及。北京建都已有五百余年之久，论理于衣食住方面应有多少精微的造就，但实际似乎并不如此，即以茶食而论，就不曾知道什么特殊的有滋味的东西。固然我们对于北京情形不甚熟悉，只是随撞进一家饽饽铺里去买一点来吃，但是就撞过的经验来说，总没有很好吃的点心买到过。难道北京竟是没有好的茶食，还是有而我们不知道呢？这也未必全是为贪口腹之欲，总觉得住在古老的京城里吃不到包含历史的精炼的或颓废的点心是一个很大的缺陷。北京的朋友们，能够告诉我两三家做得上好点心的饽饽铺么？

我对于二十世纪的中国货色，有点不大喜欢，粗恶的模仿品，美其名曰国货，要卖得比外国货更贵些。新房子里卖的东西，便不免都有点怀疑，虽然这样说好像遗老的口吻，但总之关于风流享乐的事我是颇迷信传统的。我在西四牌楼以南走过，望着异馥斋的丈许高的独木招牌，不禁神往，因为这不但表示他是义和团以前的老店，那模糊阴暗的字迹又引起我一种焚香静坐的安闲而丰腴的生活的幻想。我不曾焚过什么香，却对于这件事很有趣味，然而终于不敢进香店去，因为怕他们在香盒上已放着花露水与日光皂了。我们于日用必需的东西以外，必须还有一点无用的游戏与享乐，生活才觉得有意思。我们看夕阳，看秋河，看花，听雨，闻香，喝不求解渴的酒，吃不求饱的点心，都是生活上必要的——虽然是无用的装点，而且是愈精炼愈好。可怜现在的中国生活，却是极端地干燥粗鄙，别的不说，我在北京彷徨了十年，终未曾吃到好点心。

十三年二月

中国儿童文学
传世经典

济南道中

　　伏园兄，你应该还记得"夜航船"的趣味罢？这个趣味里的确包含有些不很优雅的非趣味，但如一切过去的记忆一样，我们所记住的大抵只是一些经过时间熔化变了形的东西，所以想起来还是很好的趣味。我平素由绍兴往杭州总从城里动身（这是二十年前的话了），有一回同几个朋友从乡间乘船，这九十里的一站路足足走了半天一夜；下午开船，傍晚才到西郭门外，于是停泊，大家上岸吃酒饭。这很有牧歌的趣味，值得田园画家的描写。第二天早晨到了西兴，埠头的饭店主人很殷勤地留客，点头说"吃了饭去"，进去坐在里面（斯文人当然不在柜台边和"短衣帮"并排着坐）破板桌边，便端出烤虾小炒腌鸭蛋等"家常便饭"来，也有一种特别的风味。可惜我好久好久不曾吃了。

　　今天我坐在特别快车内从北京往济南去时，不禁忽然想起旧事来。火车里吃的是大菜，车站上的小贩又都关出在木栅栏外，不容易买到土俗品来吃。先前却不是如此，一九〇六年我们乘京汉车往北京应练兵处（那时的大臣是水竹村人）的考试的时候，还在车窗口买到许多东西乱吃，如一个铜子一只的大鸭梨，十五个铜子一只的烧鸡之类；后来在什么站买到兔肉，同学有人说这实在是猫，大家便觉得恶心不能再吃，都摔到窗外去了。在日本旅行，于新式的整齐清洁之中（现在对于日本的事只好"轻描淡写"地说一句半句，不然恐要蹈邓先生的覆辙），却仍保存着旧日的长闲的风趣。我在东海道中买过一箱"日本第一的吉备团子"，虽然不能证明是桃太郎的遗制，口味却真不坏，可惜都被小孩们分吃，我只尝到一两颗，而且又小得可恨。还有平常的"便当"，在形式内容上也总是美术的，味道也好，虽在吃惯肥鱼大肉的大人先生们自然有点不配胃口。"文明"一点的有"冰激凌"装在一只麦粉做的杯子里，末了也一同咽下去。——我坐在这铁甲快车内，肚子有点饿了，颇想吃一点小食，如孟代故事中王子所吃的，然而现在实属没有法子，只好往餐堂车中去吃洋饭。

我并不是不要吃大菜的。但虽然要吃，若在强迫着非吃不可的时候，也会令人不高兴起来。还有一层，在中国旅行的洋人的确太无礼仪，即使并无什么暴行，也总是放肆讨厌的。即如在我这一间房里的一个怡和洋行的老板，带了一只小狗，说是在天津花了四十块钱买来的；他一上车就高卧不起，让小狗在房内撒尿，忙得车侍三次拿布来擦地板，又不喂饱，任它东张西望，呜呜地哭叫。我不是虐待动物者，但见人家昵爱动物，搂抱猫狗坐车坐船，妨害别人，也是很嫌恶的；我觉得那样的昵爱正与虐待同样的是有点兽性的。洋人中当然也有真文明人，不过商人大抵

不行，如中国的商人一样。中国近来兴起一种"打鬼"——便是打"玄学鬼"与"直脚鬼"的倾向，我大体上也觉得赞成，只是对于他们的态度有点不能附和。我们要把一切的鬼或神全数打出去，这是不可能的事，更无论他们只是拍令牌，念退鬼咒，当然毫无功效，只足以表明中国人术士气之十足，或者更留下一点恶因。我们所能做，所要做的，是如何使"玄学鬼"或"直脚鬼"不能为害。我相信，一切的鬼都是为害的，倘若被放纵着，便是我们自己"曲脚鬼"也何尝不如此……人家说，谈天谈到末了，一定要讲到下作的话去，现在我却反对地谈起这样正经大道理来，也似乎不大合适，可以不再写下去了罢。

　　　　　　　　　　　　十三年五月三十一日，津浦车中。

济南道中之二

　　过了德州，下了一阵雨，天气顿觉凉快，天色也暗下来了。室内点上电灯，我向窗外一望，却见别有一片亮光照在树上地上，觉得奇异，同车的一位宁波人告诉我，这是后面护送的兵车的电光。我探头出去，果然看见末后的一辆车头上，西边各有一盏灯（这是我推想出来的，因为我看的只是一边）射出光来，正如北京城里汽车的两只大眼睛一样。当初我以为既然是兵车的探照灯，一定是很大的，却正出于意料，它的光只照着车旁两三丈远的地方，并不能直照见树林中的贼踪。据那位买办所说，这是从去年故孙美瑶团长在临城做了那"算不得什么大事"之后新增的，似乎颇发生效力，这两道神光真吓退了沿路的毛贼，因为以后确不曾出过事，而且我于昨夜也已安抵济南了。但我总觉得好笑，这两点光照在火车的尾巴头，好像是夏夜的萤火，太富于诙谐之趣。我坐在车中，看着窗外的亮光从地面移在麦子上，从麦子移到树叶上，心里起了一种离奇的感觉，觉得似危险非危险，似平安非平安，似现实又似在做戏，仿佛眼看程咬金腰间插着两

25

把纸糊大板斧在台上踱着时一样。我们平常有一句话，时时说起却很少实验到的，现在拿来应用，正相适合，——这便是所谓浪漫的境界。

十点钟到济南站后，坐洋车进城，路上看见许多店铺都已关门，——都上着"排门"，与浙东相似。我不能算是爱故乡的人，但见了这样的街市，却也觉得很是喜欢。有一年夏天，我从家里往杭州，因为河水干涸，船只能到牛屎浜，在早晨三四点钟的时分坐轿出发，通过萧山县城；那时所见街上的情形，很有点与这回相像。其实绍兴和南京的夜景也未尝不如此，不过徒步走过的印象与车上所见到底有些不同，所以叫不起联想来罢了。城里有好些地方也已改用玻璃门，同北京一样，这是我今天下午出去看来的。我不能说排门是比玻璃门更好，在实际上玻璃门当然比排门要便利得多。但由我旁观地看去，总觉得旧式的铺门较有趣味。玻璃门也自然可以有它的美观，可惜现在多未能顾到这一层，大都是粗劣潦草，如一切的新东西一样。旧房屋的粗拙，全体还有些调和，新式的却只见轻率凌乱这一点而已。

今天下午同四个朋友去游大明湖，从鹊华桥下船。这是一种"出坂船"似的长方形的船，门窗做得很考究，船头有匾一块，文云"逸兴豪情"，——我说船头，只因它形式似船头，但行驶起来，它却变了船尾，一个舟子便站在那里倒撑上去。他所用的家伙只是一支天然木的篙，不知是什么树，剥去了皮，很是光滑，树身却是弯来扭去的并不笔直；他拿了这件东西，能够使一只大船进退回旋无不如意，并且不曾遇见一点小冲撞，在我只知道使船用桨橹的人看了不禁着实惊叹。大明湖在《老残游记》里很有一段描写，我觉得写不出更好的文章来，而且你以前赴教育改进社年会时也曾到过，所以我可以不絮说了。我也同老残一样，走到历下亭铁公祠各处，但可惜不曾在明湖居听得白妞说梨花大鼓。我们又去看"大帅张少轩"捐资倡修的曾子固的祠堂，以及张公祠，祠里还挂有一幅他的"门下子婿"的长髯照相和好些"圣朝柱石"等等的孙公德政牌。随后又到北极祠去一看，照例是那些塑像，正殿右侧一个大鬼，一手倒提着一个小妖，一手掐着一个，神气非常活现，右脚下踏着一个女子，它的脚跟正落在腰间，把她端得目瞪口呆，似乎喘不过气来，不知是到底犯了什么罪。大明湖的印象仿佛像南京的玄武湖，不过这湖是在城里，很是别致。清人铁保有一联云"四面荷花三面柳，一城山色半城湖"，实在说得湖好（据老残说这是铁公祠大门的楹联，现今却已掉下，在亭堂内倚墙放着了），虽然我们这回看不到荷花，而且湖边渐渐地填为平地，面积大不如前，水路也很窄狭，两旁变了私产，一区一区地用苇塘围绕，都是人家种蒲养鱼的地方，所以《老残游记》里所记千佛山倒影入湖的景象已经无从得见，至于"一声渔唱"尤其是听不到了。但是济南城里有一个湖，即使较前已经不如，总是很好的事，这实在可以代一个大公园，而且比公园更为有趣，于青年也很有益。我遇见好许多船的学生在湖中往来，比较中央公园里那些学生站在路边等看头发像鸡窠的

女人要好得多多，——我并不一定反对人家看女人，不过那样看法未免令人见了生厌。这一天的湖逛得很快意，船中还有王君的一个三岁的小孩同去，更令我们喜悦。他从宋君手里要葡萄干吃，每拿几颗须唱一出歌加以跳舞，他便手舞足蹈唱"一二三四"给我们听，交换五六个葡萄干，可是他后来也觉得麻烦，便提出要求，说"不唱也给我罢"。他是个很活泼可爱的小人儿，而且一口的济南话，我在他口中初次听到"俺"这一个字活用在言语里，虽然这种调子我们从北大徐君的话里早已听惯了。

　　六月一日，在"家家泉水，户户垂杨"的济南城内。

济南道中之三

　　六月二日午前，往工业学校看金线泉。这天正下着雨，我们趁暂时雨住的时候，踏着湿透的青草，走到石池旁边，照着老残的样子侧着头细看水面，却终于看不见那条金线，只有许多水泡，像是一串串的珍珠，或者还不如说水银的蒸气，从石隙中直冒上来，仿佛是地下有几座丹灶在那里炼药。池底里长着许多植物，有竹有柏，有些不知名的花木，还有一株月季花，带着一个开过的花蒂：这些植物生在水底，枝叶青绿，如在陆上一样，到底不知道是怎么一回事。金线泉的邻近，有陈遵留客的投辖井，不过现在只是一个六尺左右的方池，辖虽还可以投，但是投下去也就可以取出来了。次到趵突泉，见大池中央有三股泉水向上喷涌，据《老残游记》里说翻出水面有二三尺高，我们看见却不过尺许罢了。池水在雨后颇是浑浊，也不曾流得"汩汩有声"，加上周围的石桥石路以及茶馆之类，觉得很有点像故乡的脂沟汇，——传说是越王宫女倾脂粉水，汇流此地，现在却俗称"猪狗汇"，是乡村航船的聚会地了。随后我们往商埠游公园，刚才进门雨又大

下，在茶亭中坐了许久，等雨霁后再出来游玩。园中别无游客，容我们三人独占全园，也是极有趣味的事。公园本不很大，所以便即游了，里边又别无名胜古迹，一切都是人工的新设，但有一所大厅，门口悬着匾额，大书曰"畅趣游情，马良撰并书"，我却瞻仰了好久。我以前以为马良将军只是善于打什么拳的人，现在才知道也很有风雅的趣味，不得不陈谢我当初的疏忽了。

此外我不曾往别处游览，但济南这地方却已尽够中我的意了。我觉得北京也很好，只是大多风和灰土，济南则没有这些；济南很有江南的风味，但我所讨厌的那些东南的脾气似乎没有（或未免有点速断），所以是颇愉快的地方。然而因为端午将到，我不能不赶快回北京，于是在五日午前二时终于乘了快车离开济南了。

我在济南四天，讲演了八次。范围题目都由我自己选定，本来已是自由极了，但是想来想去总觉得没有什么可讲，勉强拟了几个题目，都没有十分把握，至于所讲的话觉得不能句句确实，句句表现出真诚的气氛来，那是更不必说了。就是平常谈话，也常觉得自己有些话是虚空的，不与心情切实相应，说出时便即知道，感到一种恶心的寂寞，好像是嘴里尝到了肥皂。石川啄木的短歌之一云：

> 不知怎的，
> 总觉得自己是虚伪之块似的，
> 将眼睛闭上了。

这种感觉，实在经验了好多次。在这八个题目之中，只有末了的"神话的趣味"还比较好一点；这并非因为关于神话更有把握，只因世间对于这个问题很多误会，据公刊的文章上看来，几乎尚未有人加以相当的理解，所以我对于自己的意见还未开始怀疑，觉得不妨略说几句。我想神话的命运很有点与梦相似。野蛮人以梦为真，半开化人以梦为兆，"文明人"以梦为幻，然而在现代学者的手里，却成为全人格之非意识的显现；神话也经过宗教的，"哲学的"以及"科学的"解释之后，由人类学者解救出来，还他原人文学的本来地位。中国现在有相信鬼神托梦魂魄入梦的人，有求梦占梦的人，有说梦是妖妄的人，但

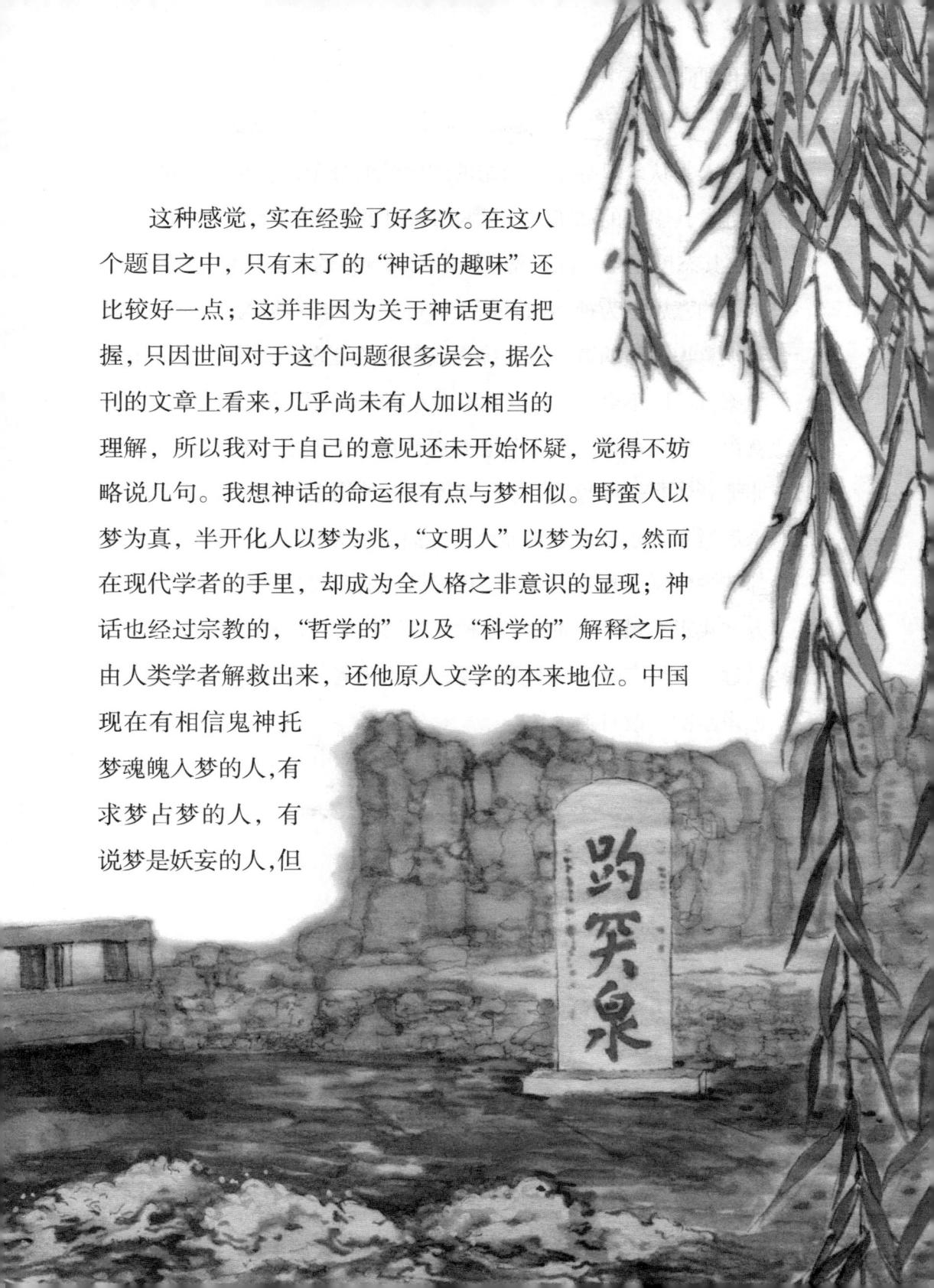

没有人去从梦里寻出他情绪的或感觉的分子，若是"满愿的梦"则更求其隐密的动机，为学术的探讨者；说及神话，非信受则排斥，其态度正是一样。我看许多反对神话的人虽然标榜科学，其实他的意思以为神话确有信受的可能，倘若不是竭力抗拒；这正如性意识很强的道学家之提倡戒色，实在是两极相遇了。真正科学家自己既不会轻信，也就不必专用攻击，只是平心静气地研究就得，所以怀疑与宽容是必要的精神，不然便是狂信者的态度，非那者还是一种教徒，非孔者还是一种儒生，类例很多。即如近来反对泰戈尔运动也是如此，他们自以为是科学思想与西方化，却缺少怀疑与宽容的精神，其实仍是东方式的攻击异端：倘若东方文化里有最大的毒害，这种专制的狂信必是其一了。不意话又说远了，与济南已经毫无关系，就此搁笔，至于神话问题，说来也嫌唠叨，改日面谈罢。

六月十日，在北京写

苦　雨

伏园兄：

　　北京近日多雨，你在长安道上不知也遇到否，想必能增你旅行的许多佳趣。雨中旅行不一定是很愉快的，我以前在杭沪车上时常遇雨，每感困难，所以我于火车的雨不能感到什么兴味，但卧在乌篷船里，静听打篷的雨声，加上欸乃的橹声以及"靠塘来，靠下去"的呼声，却是一种梦似的诗境。倘若更大胆一点，仰卧在脚划小船内，冒雨夜行，更显出水乡住民的风趣，虽然较为危险，一不小心，拙劣地转一个身，便要使船底朝天。二十多年前往东浦吊先父的保姆之丧，归途遇暴风雨，一叶扁舟在白鹅似的波浪中间滚过大树港，危险极也愉快极了。我大约还有好些"为鱼"时候——至少也是断发文身时候的脾气，对于水颇感到亲近，不过北京的泥塘似的许多"海"实在不很满意，这样的水没有也并不怎么可惜。你往"陕半天"去似乎要走好两天的准沙漠路，在那时候倘若遇见风雨，大约是很舒服的，遥想你胡坐骡车中，在大漠之上，大雨之下，喝着四打之内的汽水，悠然进

33

行，可以算是"不亦快哉"之一。但这只是我的空想，如诗人的理想一样的靠不住，或者你在骡车中遇雨，很感困难，正在叫苦连天也未可知，这须等你回京后问你再说了。

我住在北京，遇见这几天的雨，却叫我十分难过。北京向来少雨，所以不但雨具不很完全，便是家屋构造，于防雨亦欠周密。除了真正的富翁以外，很少用实垛砖墙，大抵只用泥墙抹灰敷衍了事。近来天气转变，南方酷寒而北方淫雨，因此两方面的建筑上都露出缺陷。一星期前的雨把后园的西墙淋坍，第二天就有"梁上君子"来摸索北房的铁丝窗，从次日起赶紧邀了七八位匠人，费两天工夫，从头改筑，已经成功十分八九，总算可以高枕而卧，前夜的雨却又将门口的南墙冲倒二三丈之谱。这回受惊的可不是我了，乃是川岛君"渠们"俩，因为"梁上君子"如再见光顾，一定是去躲在"渠们"的窗下窃听了。为消除"渠们"的不安起见，一等天气晴正，急需大举地修筑，希望日子不至于很久，这几天只好暂时拜托川岛君的老弟费神代为警护罢了。

前天十足下了一夜的雨，使我夜里不知醒了几遍。北京除了偶然有人高兴放几个爆仗以外，夜里总还安静，那样哗啦哗啦的雨声在我的耳朵已经不很听惯，所以时常被它惊醒，就是睡着也仿佛觉得耳边粘着面条似的东西，睡得很不痛快，还有一层，前天晚间据小孩们报告，前面院子里的积水已经离台阶不及一寸，夜里听着雨声，心里糊里糊涂地总是想水已上了台阶，浸入西边的书房里了。好容易到了早上五点钟，赤脚撑伞，跑到西屋一看，果然不出所料，水浸满了全屋，约有一寸深浅，这才叹了一口气，觉得放心了；倘若这样兴高采烈地跑去，一看却没有水，恐怕那时反觉得失望，没有现在那样的满足也说不定。幸而书籍都没有湿，虽然是没有什么价值的东西，但是湿成一饼一饼的纸糕，也很是不愉快。现今水虽已退，还留一种涨过大水后的普通的臭味，固然不能留客坐谈，就是自己也不能在那里写字，所以这封信是在里边炕桌上写的。

　　这回的大雨，只有两种人最喜欢。第一是小孩们。他们喜欢水，却极不容易得到，现在看见院子里成了河，便成群结队地去"淌河"。赤了足伸到水里去，实在很有点冷，但他们不怕，下到水里还不肯上来。大人见小孩们玩得有趣，也一个两个地加入，但是成绩却不甚佳，那一天里滑倒了三个人，其中两个都是大人——其一为我的兄弟，其一是川岛君。第二种喜欢下雨的则为蛤蟆。从前同小孩们往高亮桥去钓鱼钓不着，只捉了好些蛤蟆，有绿的，有花条的，拿回来都放在院子里，平常偶叫几声，在这几天里便整日叫唤，或者是荒年之兆，却极有田村的风味。有许多耳朵皮嫩的人，很恶喧嚣，如麻雀蛤蟆或蝉的叫声，凡足以妨碍他们的甜睡者，无一不痛恶而深绝之，大有欲灭此而午睡之意。我觉得大可以不必如此，随便听听都是很有趣味的，不但是这些久成诗料的东西，一切鸣声其实都可以听。蛤蟆在水田里群叫，深夜静听，往往变成一种金属音，很是特别，又有时仿佛是狗叫，古人常称蛙蛤为吠，大约也是从

实验而来。我们院子里的蛤蟆现在只见花条的一种，它的叫声更不漂亮，只是咯咯咯这个叫法，可以说是革音，平常自一声至三声，不会更多，唯在下雨的早晨，听它一口气叫上十二三声，可见它是实在喜欢极了。

这一场大雨恐怕在乡下的穷朋友是很大的一个不幸，但是我不曾亲见，单靠想象是不中用的，所以我不去虚伪地代为悲叹了，倘若有人说这所记的只是个人的私事，于人生无益，我也承认，我本来只想说个人的私事，此外别无意思。今天太阳已经出来，傍晚可以出外去游嬉，这封信也就不再写下去了。

我本等着看你的秦游记，现在却由我先写给你看，这也可以算是"意表之外"的事罢。

十三年七月十七日在京城书。

喝 茶

　　前回徐志摩先生在平民中学讲"吃茶"，——并不是胡适之先生所说的"吃讲茶"，——我没有工夫去听，又可惜没有见到他精心结构的讲稿，但我推想他是在讲日本的"茶道"，而且一定说得很好。茶道的意思，用平凡的话来说，可以称作"忙里偷闲，苦中作乐"，在不完全的现世享乐一点美与和谐，在刹那间体会永久，在日本之"象征的文化"里的一种代表艺术。关于这一件事，徐先生一定已有透彻巧妙的解说，不必再来多嘴，我现在所想说的，只是我个人的很平常的喝茶罢了。

　　喝茶以绿茶为正宗，红茶已经没有什么意味，何况又加糖——与牛奶。葛辛（George Gissing）的《草堂随笔》（Private Papers of Henry Ryecroft）确是很有趣味的书，但冬之卷里说及饮茶，以为英国家庭里下午的红茶与黄油面包是一日中最大的乐事，支那饮茶已历千百年，未必能领略此种乐趣与实益的万分之一，则我殊不以为然。红茶带"吐司"未始不可吃，但这只是当饭，在肚饥时食之而已；我的所谓喝茶，却是在喝清茶，在赏鉴

中国儿童文学
传世经典

其色与香与味，意未必在止渴，自然更不在果腹了。中国古昔曾吃过煎茶及抹茶，现在所用的都是泡茶，冈仓觉三在《茶之书》（Book of Tea 1919）里很巧妙地称之曰"自然主义的茶"，所以我们所重的即在这自然之妙味。中国人上茶馆去，左一碗右一碗的喝了半天，好像是刚从沙漠里回来的样子，颇合我的喝茶的意思（听说闽粤有所谓吃功夫茶者自然也有道理），只可惜近来太是洋场化，失了本意，其结果成为饭馆子之流，只在乡村间还保存一点古风，唯是屋宇器具简陋万分，或者但可称为颇有喝茶之意，而未可许为已得喝茶之道也。

喝茶当于瓦屋纸窗之下，清泉绿茶，用素雅的陶瓷茶具，同二三人共饮，得半日之闲，可抵十年的尘梦。喝茶之后，再去继续修各人的胜业，无论为名为利，都无不可，但偶然的片刻优游乃断不可少。中国喝茶时多吃瓜子，我觉得不很适宜，喝茶时所吃的东西应当是轻淡的"茶食"。中国的茶食却变了"满汉饽饽"，其性质与"阿阿兜"相差无几，不是喝茶时所吃的东西了。日本的点心虽是豆米的成品，但那优雅的形色、朴素的味道，很合于茶食的资格，如各色"羊羹"（据上田恭辅氏考据，说是出于中国唐时的羊肝饼），尤有特殊的风味。江南茶馆中有一种"干丝"，用豆腐干切成细丝，加姜丝酱油，重汤炖热，上浇麻油，出以供客，其利益为"堂倌"所独有。豆腐干中本有一种"茶干"，今变而为丝，亦颇与茶相宜。在南京时常食此品，据云有某寺方丈所制为最，虽也曾尝试，却已忘记，所记得者乃只是下关的江天

阁而已。学生们的习惯，平常"干丝"既出，大抵不即食，等到麻油再加，开水重换之后，始行举箸，最为合适，因为一到即罄，次碗继至，不遑应酬，否则麻油三浇，旋即撤去，怒形于色，未免使客不欢而散，茶意都消了。

吾乡昌安门外有一处地方，名三脚桥（实在并无三脚，乃是三出，因以一桥而跨三叉的河上也），其地有豆腐店曰周德和者，制茶干最有名。寻常的豆腐干方约寸半，厚三分，值钱二文，周德和的价值相同，小而且薄，几及一半，黝黑坚实，如紫檀片。我家距三脚桥有步行两小时的路程，故殊不易得，但能吃到油炸者而已。每天有人挑担设炉镬，沿街叫卖，其词曰：

辣酱辣，

麻油炸，

红酱搽，

辣酱拓，

周德和格五香油炸豆腐干。

其制法如上所述，以竹丝插其末端，每枚值三文。豆腐干大小如周德和，而甚柔软，大约系常品。唯经过这样烹调，虽然不是茶食之一，却也不失为一种好豆食。——豆腐的确也是极佳妙的食品，可以有种种的变化，唯在西洋不会被领解，正如茶一般。

日本用茶淘饭，名曰"茶渍"，以腌菜及"泽庵"（即福建的黄土萝卜，日本泽庵法师始传此法，盖从中国传去）等为佐，很有清淡而甘香的风味。中国人未尝不这样吃，唯其原因，非由穷困即为节省，殆少有故意往清茶淡饭中寻其固有之味者，此所以为可惜也。

十三年十二月

鸟 声

　　古人有言，"以鸟鸣春"。现在已过了春分，正是鸟声的时节了，但我觉得不大能够听到，虽然京城的西北隅已经近于乡村。这所谓鸟当然是指那飞鸣自在的东西，不必说鸡鸣咿咿鸭鸣呷呷的家奴，便是熟番似的鸽子之类也算不得数，因为他们都是忘记了四时八节的了。我所听见的鸟鸣只有檐头麻雀的啾唧，以及槐树上每大早来的啄木的干笑，——这似乎都不能报春，麻雀的太琐碎了，而啄木又不免多一点干枯的气味。

　　英国诗人那许（Nash）有一首诗，被录在所谓《名诗选》（*Golden Treasury*）的卷首。他说，春天来了，百花开放，姑娘们跳着舞，天气温和，好鸟都歌唱起来。他列举四样鸟声：

　　Cuckco, jug—jug, pee—wee, to—witta—woo!

　　这九行的诗实在有趣，我却总不敢译，因为怕一则译不好，二则要译错。现在只抄出一行来，看那四样是什么鸟。第一种鹁鸪，书名鸤鸠，它是自呼其名的，可以无疑了。第二种是夜莺，就是那林间的"发痴的鸟"，古希腊女诗人称之曰"春之使者，美音的夜莺"，它的名贵可想而知，只是我不知道它到底是什么东西。我们乡间的黄莺也会"翻叫"，被捕后常因想念妻子而急死，与它西方的表兄弟相同，但它要吃小鸟，而且又不发痴地唱上一夜以至于呕血。第四种虽似异怪乃是猫头鹰。第三种则不大明了，有人说是蚊母鸟，或云是田凫，但据斯密士的《鸟的生活与故事》第一章所说系小猫头鹰。倘若是真的，那么四种好鸟之中猫头鹰一家已占其二了。斯密士说这二者都是褐色猫头鹰，与别的怪声怪相的不同，他的书中虽有图像，我也认不得这是鸱是鸮还是流离之子，不过总是猫头鹰之类罢了。几时曾听见它们的呼声，有的声如货郎的摇鼓，有的恍若连呼"掘洼"（dzhuehuoang），俗云不祥主有死丧。所以闻者多极懊恼，大约此风古已有之。查检观頬道人的《小演雅》，所录古今禽言中不见有猫头鹰的话。然而仔细回想，觉得那些叫声实在并不错，比任何风声萧声鸟声更为有趣，如诗人谢勒（Shelley）所说。

　　现在，就北京来说，这几样鸣声都没有，所有的还只是麻雀和啄木鸟。老鸹，乡间称云乌老鸦，在北京是每天可以听到的，但是一点风雅气也没有，而且是通年噪聒，不知道它是哪一季的鸟。麻雀和啄木鸟虽然唱不出好的歌来，在那琐碎和干枯之中到底还含一些春气。唉唉，听那不讨人欢喜的乌老鸦叫也已够了，且让我们欢迎这些鸣春的小鸟，倾听它们的谈笑罢。

　　"啾唧，啾唧！"

　　"嘎嘎！"

十四年四月

谈　酒

　　这个年头儿，喝酒倒是很有意思的。我虽是京兆人，却生长在东南的海边，是出产酒的有名地方。我的舅父和姑父家里时常做几缸自用的酒，但我终于不知道酒是怎么做法，只觉得所用的大约是糯米，因为儿歌里说"老酒糯米做，吃得变 nio—nio"——末一字是本地猪的俗语。做酒的方法与器具似乎都很简单，只有煮的时候的手法极不容易，非有经验的工人不办，平常做酒的人家大抵聘请一个人来，俗称"酒头工"，以自己不能喝酒者为最上，叫他专管鉴定煮酒的时节。有一个远房亲戚，我们叫他"七斤公公"——他是我舅父的族叔，但是在他家里做短工，所以舅母只叫他作"七斤老"，有时也听见她叫"老七斤"，是这样的酒头工，每年去帮人家做酒；他喜吸旱烟，说玩话，打麻将，但是不大喝酒（海边的人喝一两碗是不算能喝，照市价计算也不值十文钱酒），所以生意很好，时常跑一二百里路被招到诸暨嵊县去。据他说这实在并不难，只需走到缸边屈着身听，听见里边起泡的声音切切察察的，好像是螃蟹吐沫（儿童称为蟹煮饭）的样子，

便拿来煮就得了；早一点酒还未成，迟一点就变酸了。但是怎么是恰好的时期，别人仍不能知道，只有听熟的耳朵才能够断定，正如古董家的眼睛辨别古物一样。

　　大人家饮酒多用酒盅，以表示其斯文，实在是不对的。正当的喝法是用一种酒碗，浅而大，底有高足，可以说是古已有之的香槟杯。平常起码总是两碗，合一"串筒"，价值似是六文一碗。串筒略如倒写的凸字，上下部如一与三之比，以洋铁为之，无盖无嘴，可倒而不可筛，据好酒家说酒以倒为正宗，筛出来的不大好吃。唯酒保好于量酒之前先"荡"（置水于器内，摇荡而洗涤之谓）串筒，荡后往往将清水之一部分留在筒内，客嫌酒淡，常起争执，故喝酒老手必先戒堂倌以勿荡串筒，并监视其量好放在温酒架上。能饮者多索竹叶青，通称曰"本色"，"元红"系状元红之略，则着色者，唯外行人喜饮之。在外省有所谓花雕者，唯本地酒店中却没有这样东西。相传昔时人家生女，则酿酒贮花雕（一种有花纹的酒坛）中，至女儿出嫁时用以饷客，但此风今已不存，嫁女时偶用花雕，也只临时买元红充数，饮者不以为珍品。有些喝酒的人预备家酿，却有极好的，每年做醇酒若干坛，按次第埋园中，二十年后掘取，即每岁皆得饮二十年陈的老酒了。此种陈酒例不发售，故无处可买，我只有一回在旧日业师家里喝过这样好酒，至今还不曾忘记。

　　我既是酒乡的一个土著，又这样的喜欢谈酒，好像一定是个与"三西"结不解缘的酒徒了。其实却大不然。我的父亲是很能喝酒的，我不知道他可以喝多少，只记得他每晚用花生米、水果等下酒，且喝且谈天，至少要花费两点钟，恐怕所喝的酒一定很不少了。但我却是不肖，不，或者可以说有志未逮，因为我很喜欢喝酒而不会喝，所以每逢酒宴我总是第一个醉与脸红的。自从辛酉患病后，医生叫我喝酒以代药饵，定量是白兰地每回二十格阑姆，蒲陶酒与老酒等倍之，六年以后酒量一点没有进步，到现在只要喝下一百格阑姆的花雕，便立刻变成关夫子了（以前大家笑谈称作"赤化"，此刻自然应当谨慎，虽然是说笑话）。有些有不醉之量的，愈饮愈是脸白的朋友，我觉得非常可以歆羡，只可惜他们愈能喝酒便愈不肯喝酒，好像是美人之不肯显示她的颜色，这实在是太不应该了。

黄酒比较的便宜一点，所以觉得时常可以买来喝，其实别的酒也未尝不好。白干于我未免过凶一点，我喝了常怕口腔内要起泡，山西的汾酒与北京的莲花白虽然可喝少许，也总觉得不很和善。日本的清酒我颇喜欢，只是仿佛新酒模样，

味道不很静定。葡萄酒与橙皮酒都很可口，但我以为最好的还是白兰地。我觉得西洋人不很能够了解茶的趣味，至于酒则很有工夫，决不下于中国。天天喝洋酒当然是一个大的漏卮，正如吸烟卷一般，但不必一定进国货党，咬定牙根要抽净丝，随便喝一点什么酒其实都是无所不可的，至少我个人是这样想的。

　　喝酒的趣味在什么地方？这个我恐怕有点说不明白。有人说，酒的乐趣是在醉后的陶然的境界，但我不很了解这个境界是怎样的，因为我自饮酒以来似乎不大陶然过，不知怎的我的醉大抵都只是生理的，而不是精神的陶醉。所以照我说来，酒的趣味只是在饮的时候，我想悦乐大抵在做的这一刹那，倘若说是陶然那也当是杯在口的一刻罢。醉了，困倦了，或者应当休息一会儿，也是很安舒的，却未必能说酒的真趣是在此间。昏迷，梦魇，呓语，或是忘却现世忧患之一法门；其实这也是有限的，倒还不如把宇宙性命都投在一口美酒里的耽溺之力还要强大。我喝着酒，一面也怀着"杞天之虑"，生恐强硬的礼教反动之后将引起颓废的风气，结果是借醇酒妇人以避礼教的迫害，沙宁（Sanin）时代的出现不是不可能的。但是，或者在中国什么运动都未必彻底成功，青年的反拨力也未必怎么强盛，那么杞天终于只是杞天，仍旧能够让我们喝一口非耽溺的酒也未可知。倘若如此，那时喝酒又一定另外觉得很有意思了罢？

　　　　　　　　　　　民国十五年六月二十日，于北京

乌 篷 船

子荣①君：

　　接到手书，知道你要到我的故乡去，叫我给你一点什么指导。老实说，我的故乡，真正觉得可怀恋的地方，并不是那里；但是因为在那里生长，住过十多年，究竟知道一点情形，所以写这一封信告诉你。

　　我所要告诉你的，并不是那里的风土人情，那是写不尽的，但是你到那里一看也就会明白的，不必啰嗦地多讲。我要说的是一种很有趣的东西，这便是船。你在家乡平常总坐人力车，电车，或是汽车，但在我的故乡那里这些都没有，除了在城内或山上是用轿子以外，普通代步都是用船。船有两种，普通坐的都是"乌篷船"，白篷的大抵作航船用，坐夜航船到西陵去也有特别的风趣，但是你总不便坐，所以我就可以不说了。乌篷船大的为

---

　　① 子荣，是周作人的笔名，始用于1923年8月26日《晨报副刊》发表的《医院的阶陛》一文。

"四明瓦"（Symenngoa），小的为脚划船（划读 uoa）亦称小船。但是最适用的还是在这中间的"三道"，亦即三明瓦。篷是半圆形的，用竹片编成，中夹竹箬，上涂黑油；在两扇"定篷"之间放着一扇遮阳，也是半圆的，木作格子，嵌着一片片的小鱼鳞，径约一寸，颇有点透明，略似玻璃而坚韧耐用，这就称为明瓦。三明瓦者，谓其中舱有两道，后舱有一道明瓦也。船尾用橹，大抵两支，船首有竹篙，用以定船。船头着眉目，状如老虎，但似在微笑，颇滑稽而不可怕，唯白篷船则无之。三道船篷之高大约可以使你直立，舱宽可以放下一顶方桌，四个人坐着打麻将，——这个恐怕你也已学会了罢？小船则真是一叶扁舟，你坐在船底席上，篷顶离你的头有两三寸，你的两手可以搁在左右的舷上，还把手都露出在外边。在这种船里仿佛是在水面上坐，靠近田岸去时泥土便和你的眼鼻接近，而且遇着风浪，或是坐得稍不小心，就会船底朝天，发生危险，但是也颇有趣味，是水乡的一种特色。不过你总可以不必去坐，最好还是坐那三道船罢。

你如坐船出去，可是不能像坐电车的那样性急，立刻盼望走到。倘若出城，走三四十里路（我们那里的里程是很短，一里才及英里三分之一），来回总要预备一天。你坐在船上，应该是游山的态度，看看四周物色，随处可见的山，岸旁的乌桕，河边的红蓼和白萍，渔舍，各式各样的桥，困倦的时候睡在舱中拿出随笔来看，或者冲一碗清茶喝喝。偏门外的鉴湖一带，贺家池，壶觞左近，我都是喜欢的，或者往娄公埠骑驴去游兰亭（但我劝你还是步行，骑驴或者于你不很相宜），到得暮色苍然的时候进城上都挂着薜荔的东门来，倒是颇有趣味的事。倘若路上不平静，你往杭州去时可于下午开船，黄昏时候的景色正最好看，只可惜这一带地方的名字我都忘记了。夜间睡在舱中，听水声橹声，来往船只的招呼声，以及乡间的犬吠鸡鸣，也都很有意思。雇一只船到乡下去看庙戏，可以了解中国旧戏的真趣味，而且在船上行动自如，要看就看，要睡就睡，要喝酒就喝酒，我觉得也可以算是理想的行乐法。只可惜讲维新以来这些演剧与迎会都已禁止，中产阶级的低能人别在"布业会馆"等处建起"海式"的戏场来，请大家买票看上海的猫儿戏。这些地方你千万不要去。——你到我那故乡，恐怕没有一个人认得，我又因为在教书不能陪你去玩，坐夜船，谈闲天，实在抱歉而且惆怅。川岛君夫妇现在偶山下，本来可以给你介绍，但是你到那里的时候他们恐怕已经离开故乡了。初寒，善自珍重，不尽。

十五年十一月十八日夜，于北京

金　鱼

——草木虫鱼之一

　　我觉得天下文章共有两种，一种是有题目的，一种是没有题目的。普通做文章大都先有意思，却没有一定的题目，等到意思写出了之后，再把全篇总结一下，将题目补上。这种文章里边似乎容易出些佳作，因为能够比较自由地发表，虽然后写题目是一件难事，有时竟比写本文还要难些。但也有时候，思想散乱不能集中，不知道写什么好，那么先定下一个题目，再做文章，也未必没有好处，不过这有点近于赋得，很有做出试帖诗来得危险罢了。偶然读英国密伦（A. AMilne）的小品文集，有一处曾这样说，有时排字房来催稿，实在想不出什么东西来写，只好听天由命，翻开字典，随手抓到的就是题目。有一回抓到金鱼，结果果然有一篇《金鱼》收在集里。我想这倒是很有意思的事，也就来一下子，写一篇《金鱼》试试看，反正我也没有什么非说不可的大道理，要尽先发表，那么来做赋得的咏物诗也是无妨，虽然并没有排字房催稿的事情。

说到金鱼，我其实是很不喜欢金鱼的，在豢养的小动物里边，我所不喜欢的，依着不喜欢的程度，其名次是叭儿狗、金鱼、鹦鹉。鹦鹉身上穿着大红大绿，满口怪声，很有野蛮气，叭儿狗的身体固然太小，还比不上一只猫（小学教科书上却还在说，猫比狗小，狗比猫大）！而鼻子尤其耸得难过。我平常不大喜欢耸鼻子的人，虽然那是人为的，暂时的，把鼻子耸动，并没有永久地将它缩作一堆。人的脸上固然不可没有表情，但我想只要淡淡地表示就好，譬如微微一笑，或者在眼光中露出一种感情——自然，恋爱与死等可以算是例外，无妨有较强烈的表示，但也似乎不必那样掀起鼻子，露出牙齿，仿佛是要咬人的样子。这种嘴脸只好放到影戏里去，反正与我没有关系，因为二十年来我不曾看电影。然而金鱼恰好兼有叭儿狗与鹦鹉二者的特点，它只是不用长绳子牵了在贵夫人的裙边跑，所以减等发落，不然这第一名恐怕准定是它了。

　　我每见金鱼一团肥红的身体，突出两只眼睛，转动不灵地在水中游泳，总会联想到中国的新嫁娘，身穿红布袄裤，扎着裤腿，拐着一对小脚伶俜地走路。我知道自己有一种毛病，最怕看真的，或是类似的小脚。十年前曾写过一篇小文曰《天足》，起头第一句云："我最喜欢看见女人的天足。"曾蒙友人某君所赏识，因为他也是反对"务必脚小"的人。我倒并不是怕做野蛮，现在的世界正如美国洛威教授的一本书名，谁都有《我们是文明么》的疑问，何况我们这道统国，剐呀割呀都是常事，无论个人怎么努力，这个野蛮的头衔休想去掉，实在凡是稍有自知之明，不是夸大狂的人，恐怕也就不大有想去掉的这种野心与妄想。小脚女人所引起的另一种感想乃是残疾，这是极不愉快的事，正如驼背或脖子上挂着一个大瘤，假如这是天然的，我们不能说是嫌恶，但总之至少不喜欢看总是确实的了。有谁会赏鉴驼背或大瘤呢？金鱼突出眼睛，便是这一类的现象。另外有叫作绯鲤的，大约是它的表兄弟罢，一样地穿着大红棉袄，只是不开衩，眼睛也是平平地装在脑袋瓜儿里边，并不比平常的鱼更为鼓出，因此可见金鱼的眼睛是一种残疾，无论碰在水草上时容易戳瞎乌珠，就是平常也一定近视得了不得，要吃馒头末屑也不大方便罢。照中国人喜欢小脚的常例推去，金鱼之爱可以说宜乎众矣，但在不佞实在是两者都不敢爱，我所爱的还只是平常的鱼而已。

想象有一个大池，——池非大不可，须有活水，池底有种种水草才行，如从前碧云寺的那个

石池，虽然老实说起来，人造的死海似的水洼都没有多大意思，就是三海也是俗气寒伧气，无论这是哪一个大皇帝所造，因为皇帝压根儿就非俗恶粗暴不可，假如他有点儿懂得风趣，那就得亡国完事，至于那些俗恶的朋友也会亡国，那是另一回事。如今话又说回来，一个大池，里边如养着鱼，那最好是天空或水的颜色的，如鲫鱼，其次是鲤鱼。我这样的分等级，好像是以肉的味道为标准，其实不然。我想水里游泳着的鱼应当是暗黑色的才好，身体又不可太大，人家从水上看下去，窥探好久，才看见隐隐的一条在那里，有时或者简直就在你的鼻子前面，等一忽儿却又不见了，这比一件红通通的东西渐渐地近摆来，好像望那西湖里的广告船（据说是点着红灯笼，打着鼓），随后又渐渐地远开去，更为有趣得多。鲫鱼便具备这种资格，鲤鱼未免个儿太大一点，但它是要跳龙门去的，这又难怪它。此外有些白鲦，细长银白的身体，游来游去，仿佛是东南海边的泥鳅龙船，有时候不知为什么事受了惊，拨剌翻身即逝，银光照眼，也能增加水界的活气。在这样地方，无论是金鱼，就是平眼的绯鲤，也是不适宜的。红袄裤的新嫁娘，如其脚是小的，那只好就请她在炕上爬或坐着，即使不然，也还是坐在房中，在油漆气芸香或花露水气中，比较地可以得到一种调和。所以金鱼的去处还是富贵人家的绣房，浸在五彩的瓷缸中，或是玻璃的圆球里，去和叭儿狗与鹦鹉做伴侣罢了。

几个月没有写文章，天下的形势似乎已经大变了，有志要做

新文学的人，非多讲某一套话不容易出色。我本来不是文人，这些时世的变迁，好歹于我无干，但以旁观者的地位看去，我倒是觉得可以赞成的。为什么呢？文学上永久有两种潮流，言志与载道。二者之中，则载道易而言志难。我写这篇赋得金鱼，原是有题目的文章，与帖括有点相近，盖已少言志而多载道软。我虽未敢自附于新文学之末，但自己觉得颇有时新的意味，故附记于此，以志作风之转变云耳。

十九年三月十日

虱　子

——草木虫鱼之二

　　偶读罗素所著《结婚与道德》，第五章讲中古时代思想的地方，有这一节话：

　　"那时教会攻击洗浴的习惯，以为凡使肉体清洁可爱好者皆有发生罪恶之倾向。肮脏不洁是被赞美，于是圣贤的气味变成更为强烈了。圣保拉说，身体与衣服的洁净，就是灵魂的不净。虱子被称为神的明珠，爬满这些东西是一个圣人的必不可少的记号。"我记起我们东方文明的选手辜鸿铭先生来了，他曾经礼赞过不洁，说过相仿的话，虽然我不知道他有没有把虱子包括在内，或者特别提出来过。但是，即是辜先生不曾有什么颂词，虱子在中国文化历史上的位置也并不低，不过这似乎只是名流的装饰，关于古圣先贤还没有文献上的证明罢了。晋朝的王猛的名誉，一半固然在于他的经济的事业，他的捉虱子这一件事恐怕至少也要居其一半。到了二十世纪之初，梁任公先生在横滨办《新民丛报》，那时有一位重要的撰述员，名叫扪虱谈虎客，可见这

中国儿童文学
传世经典

57

个还很时髦，无论他身上是否真有那晋朝的小动物。

洛威（R. H. Lowie）博士是旧金山大学的人类学教授，近著一本很有意思的通俗书《我们是文明么》，其中有好些可以供我们参考的地方。第十章讲衣服与时装，他说起十八世纪时妇人梳了很高的髻，有些矮的女子，她的下巴颏儿正在头顶到脚尖的中间。在下文又说道："宫里的女官坐车时只可跪在台板上，把头伸在窗外，她们跳着舞，总怕头碰了挂灯。重重扑粉厚厚衬垫的三角塔终于满生了虱子，很是不舒服，但西欧的时风并不就废止这种时装。结果发明了一种象牙钩钗，拿来搔痒，算是很漂亮的。"第二十一章讲卫生与医药，又说到"十八世纪的太太们头上成群的养虱子"。又举例说明道：

"1393 年，一法国著者教给他美丽的读者六个方法，治她们的丈夫的跳蚤。1539 年出版的一本书列有奇效方，可以除灭跳蚤、虱子、虱卵以及臭虫。"照这样看来，不但证明"西洋也有臭虫"，更可见贵夫人的青丝上也满生过虱子。在中国，这自然更要普遍了，褚人获编《坚瓠集》丙集卷三有一篇《须虱颂》，其文曰：

"王介甫王禹玉同侍朝，见虱自介甫襦领直缘其须，上顾而笑，介甫不知也。朝退，介甫问上笑之故，禹玉指以告，介甫命从者去之。禹玉曰，未可轻去，愿颂一言。介甫曰，何如？禹玉曰，屡游相须，曾经御览，未可杀也，或曰放焉。众大笑。"我们的荆公是不修边幅的，有一个半个小虫在胡须上爬，原算不得是什么奇事，但这却令我想起别一件轶事来，据说徽宗在五国城，写信给旧臣道："朕身上生虫，形如琵琶。"照常人的推想，皇帝不认识虱子，似乎在情理之中，而且这样传说，幽默与悲感混在一起，也颇有意思，但是参照上文，似乎有点不大妥帖了。宋神宗见了虱子是认得的，到了徽宗反而退步，如果属实，可谓不克绳其祖武了。《坚瓠集》中又有一条"恒言"，内分两节如下：

张磊塘善清言，一日赴徐文贞公席，食鲴鱼鳇鱼。庖人误不置醋。张云，仓皇失措。文贞腰扪一虱，以齿毙之，血溅齿上。张云，大率类此。文贞亦解颐。

清客以齿毙虱有声，妓哂之。顷妓亦得虱，以添香置炉中而爆。客顾曰，熟了。妓曰，愈于生吃。

这一条笔记是很重要的虱之文献，因为他在说明贵人清客妓女都有扪虱的韵致外，还告诉我们毙虱的方法。《我们是文明么》第二十一章中说：

"正如老鼠离开将沉的船，虱子也会离开将死的人，依照冰地的学说。所以一个没有虱子的爱斯基摩人是很不安的。这是多么愉快而且适意的事，两个好友互捉头上的虱以为消遣，而且随复庄重地将它们送到所有者的嘴里去。在野蛮世界，这种交互的服务实在是很有趣的游戏。黑龙江边的民族不知道有别的更好的

方法，可以表示夫妇的爱情与朋友的交谊。在亚尔泰山及南西伯利亚的突厥人也同样地爱好这个玩意儿。他们的皮衣里满生着虱子，那妙手的土人便永远在那里搜查这些生物，捉到了的时候，咂一咂嘴儿把它们都吃下去。拉得洛夫博士亲自计算过，他的向导在一分钟内捉到八九十只。在原始民间故事里多讲到这个普遍而且有益的习俗，原是无怪的。"由此可见一般毙虱法都是同徐文贞公一样，就是所谓"生吃"的，只可惜"有礼节的欧洲人是否吞咽他们的寄生物查不出证据"，但是我想这总也可以假定是如此罢，因为世上恐怕不会有比这个更好的方法，不过史有阙文，洛威博士不敢轻易断定罢了。

但世间万事都有例外，这里自然也不能免。佛教反对杀生，杀人是四重罪之一，犯者波罗夷不共住，就是杀畜生也犯波逸提罪，他们还注意到水中土中几乎看不出的小虫，那么对于虱子自然也不肯忽略过去。《四分律》卷五十《房舍犍度法》中云：

"于多人住处拾虱弃地，佛言不应尔。彼上座老病比丘数数起弃虱，疲极，佛言应以器，若氎，若劫贝，若敝物，若绵，拾著中。若虱走出，应作筒盛。彼用宝作筒，佛言不应用宝作筒，听用角牙，若骨，若铁，若铜，若铅锡，若竿蔗草，若竹，若苇，若木，作筒，虱若出，应作盖塞。彼宝作塞，佛言不应用宝作塞，应用牙骨乃至木作，无安处，应以缕系著床脚里。"小林一茶（1763—1827）是日本近代的诗人，又是佛教徒，对于动物同圣芳济一样，几乎有兄弟之爱，他的咏虱的诗句据我所见就有好几句，其中有这样一首，曾译录在《雨天的书》中，其词曰：

捉到一个虱子，将它掐死固然可怜，要把它舍在门外，让它绝食，也觉得不忍，忽然想到我佛从前给予鬼子母的东西，成此。

"虱子啊，放在和我味道一样的石榴上爬着。"

（注：日本传说，佛降伏鬼子母，给与石榴实食之，以代人肉，因石榴实味酸甜似人肉云。据《鬼子母经》说，她后来变为生育之神，这石榴大约只是多子的象征罢了。）

这样的待遇在一茶可谓仁至义尽，但虱子恐怕有点觉得不合适，因为像和尚那么吃净素他是不见得很喜欢的。但是，在许多虱的本事之中，这些算是最有风趣了。佛教虽然也重圣贫，一面也还讲究——这称作清洁未必妥当，或者总叫作"威仪"罢，因此有些法则很是细密有趣，关于虱的处分即其一例，至于一茶则更是浪漫化了一点罢了。中国扪虱的名士无论如何不能到这个境界，也绝做不出像一茶那样的许多诗句来，例如——

喂，虱子呵，爬罢爬罢，向着春天的去向。

实在译不好，就此打住罢。——今天是清明节，野哭之声犹

在于耳，回家写这小文，聊以消遣，觉得这倒是颇有意义的事。

民国十九年四月五日，于北平

[附记]

友人指示，周密《齐东野语》中有材料可取，于卷十六查得《嚼虱》一则，今补录于下：

"余负日茅檐，分渔樵半席，时见山翁野媪扪身得虱，则致之口中，若将甘心焉，意甚恶之。然揆之于古，亦有说焉。应侯谓秦王曰，得宛临，流阳夏，断河内，临东阳，邯郸犹口中虱。王莽校尉韩威曰，以新室之威而吞胡虏，无异口中蚤虱。陈思王著论亦曰，得虱者莫不糜之齿牙，为害身也。三人皆当时贵人，其言乃尔，则野老嚼虱亦自有典故，可发一笑。"

我当推究嚼虱的原因，觉得并不由于"若将甘心"的意思，其实只因虱子肥白可口，臭虫固然气味不佳，蚤又太小一点了，而且放在嘴里跳来跳去，似乎不大容易咬着。今见韩校尉的话，仿佛基督同时的中国人曾两者兼嚼，到得后来才人心不古，取大而舍小，不过我想这个证据未必怎么可靠，恐怕这单是文字上的支配，那么跳蚤原来也是一时的陪绑罢了。

两 株 树

——草木虫鱼之三

　　我对于植物比动物还要喜欢，原因是因为我懒，不高兴为了区区视听之娱一日三餐地去饲养照顾，而且我也有点相信"鸟身自为主"的迂论，觉得把它们活物拿来做囚徒当奚奴，不是什么愉快的事，若是草木便没有这些麻烦，让它们直站在那里便好，不但并不感到不自由，并且还真是生了根地不肯再动一动哩。但是要看树木花草也不必一定种在自己的家里，关起门来独赏，让它们在野外路旁，或是在人家粉墙之内也并不妨，只要我偶然经过时能够看见两三眼，也就觉得欣然，很是满足的了。

　　树木里边我所喜欢的第一种是白杨。小时候读古诗十九首，读过"白杨何萧萧，松柏夹广路"之句，但在南方终未见过白杨，后来在北京才初次看见。谢在杭著《五杂俎》中云：

　　"古人墓树多植梧楸，南人多种松柏，北人多种白杨。白杨即青杨也，其树皮白如梧桐，叶似冬青，微风击之辄淅沥有声，故古诗云，白杨多悲风，萧萧愁杀人。予一日宿邹县驿馆中，甫

就枕即闻雨声，竟夕不绝，侍儿曰，雨矣。予讶之曰，岂有竟夜雨而无檐溜者？质明视之，乃青杨树也。南方绝无此树。"

《本草纲目》卷三五下引陈藏器曰："白杨北土极多，人种墟墓间，树大皮白，其无风自动者乃杨枌，非白杨也。"又寇宗奭云："风才至，叶如大雨声，谓无风自动则无此事，但风微时其叶孤极处则往往独摇，以其蒂长叶重大，势使然也。"王象晋《群芳谱》则云杨有二种，一白杨，一青杨，白杨蒂长两两相对，遇风则簌簌有声，人多植之坟墓间，由此可知白杨与青杨本自有别，但"无风自动"一节却是相同。在史书中关于白杨有这样的两件故事：

《南史·萧惠开传》："惠开为少府，不得志，寺内斋前花草甚美，悉铲除，别植白杨。"

《唐书·契苾何力传》："龙朔中，司稼少卿梁脩仁新作大明宫，植白杨于庭，示何力曰，此木易成，不数年可芘。何力不答，但诵白杨多悲风萧萧愁杀人之句，脩仁惊悟，更植以桐。"

这样看来，似乎大家对于白杨都没有什样好感。为什么呢？这个理由我不大说得清楚，或者因为它老是簌簌地动的缘故罢。听说苏格兰地方有一种传说，耶稣受难时所用的十字架是用白杨木做的，所以白杨自此以后就永远在发抖，大约是知道自己的罪孽深重。但是做钉的铁却似乎不曾因此有什么罪，黑铁这件东西在法术上还总有点位置的，不知何以这样的有幸又不幸（但吾乡结婚时忌见铁，凡门窗上铰链等悉用红纸糊盖，又似别

有缘故）。我承认白杨种在墟墓间的确很好看，然而种在斋前又何尝不好，它那瑟瑟的响声第一有意思。我在前面的院子里种了一棵，每逢夏秋有客来斋夜话的时候，忽闻淅沥声，多疑是雨下，推户出视，这是别种树所没有的佳处。梁少卿怕白杨的萧萧改种梧桐。其实梧桐也何尝一定吉祥，假如要讲迷信的话，吾乡有一句俗谚云，"梧桐大如斗，主人搬家走"，所以就是别庄花园里也很少种梧桐的。这实在是一件很可惜的事，梧桐的枝干和叶子真好看，且不提那一叶落知天下秋的兴趣了。在我们的后院里却有一棵，不知已经有若干年了，我至今看了它十多年，树干还远不到五合的粗，看它大有黄杨木的神气，虽不厄闰也总长得十分缓慢呢。——因此我想到避忌梧桐大约只是南方的事，在北方或者并没有这句俗谚，在这里梧桐想要如斗大恐怕不是容易的事罢。

第二种树乃是乌桕，这正与白杨相反，似乎只生长于东南，北方很少见。陆龟蒙诗云："行歇每依鸦舅影"，陆游诗云："乌桕赤于枫，园林二月中"，又云："乌桕新添落叶红"，都是江浙乡村的景象。《齐民要术》卷十列"五谷果蓏菜茹非中国物产者"，下注云："聊以存其名目，记其怪异耳，爰及山泽草木任食非人力所种者，悉附于此"，其中有乌桕一项，引《玄中记》云："荆阳有乌臼，其实如鸡头，迮之如胡麻子，其汁味如猪脂。"《群芳谱》言："江浙之人，凡高山大道溪边宅畔无不种。"此外则江西安徽盖亦多有之。关于它的名字，李时珍说："乌喜食其子，因

以名之。……或曰，其木老则根下黑烂成臼，故得此名。"我想这或曰恐太迂曲，此树又名鸦舅，或者与乌不无关系，乡间冬天卖野味有柏子鳥（读如呆鸟字），是道墟地方名物，此物殆是乌类乎，但是其味颇佳，平常所谓鳥肉几乎便指此鳥也。

柏树的特色第一在叶，第二在实。放翁生长稽山镜水间，所以诗中常常说及柏叶，便是那唐朝的张继寒山寺诗所云江枫渔火对愁眠，也是在说这种红叶。王端履著《重论文斋笔录》卷九论及此诗，注云："江南临水多植乌柏，秋叶饱霜，鲜红可爱，诗人类指为枫，不知枫生山中，性最恶湿，不能种之江畔也。此诗江枫二字亦未免误认耳。"范寅在《越谚》卷中柏树项下说："十月叶丹，即枫，其子可榨油，农皆植田边。"就把两者误合为一。罗逸长《青山记》云："山之麓朱村，盖考亭之祖居也，自此倚石啸歌，松风上下，遥望木叶着霜如渥丹，始见怪以为红花，久之知为乌柏树也。"《蓬窗续录》云："陆子渊《豫章录》言，饶信间柏树冬初叶落，结子放蜡，每颗作十字裂，一丛有数颗，望之若梅花初绽，枝柯诘曲，多在野水乱石间，远近成林，真可作画。此与柿树俱称美荫，园圃植之最宜。"这两节很能写出柏树之美，它的特色仿佛可以说是中国画的，不过此种景色自从我离了水乡的故国已经有三十年不曾看见了。

柏树子有极大的用处，可以榨油制烛，《越谚》卷中蜡烛条下注曰："卷芯草干，熬柏油拖蘸成烛，加蜡为皮，盖紫草汁则红。"汪曰帧著《湖雅》卷八中说得更是详细：

"中置烛心，外裹乌桕子油，又以紫草染蜡盖之，曰桕油烛。用棉花子油者曰青油烛，用牛羊油者曰荤油烛。湖俗祀神祭先必燃两炬，皆用红桕烛。婚嫁用之曰喜烛，缀蜡花者曰花烛，祝寿所用曰寿烛，丧家则用绿烛或白烛，亦桕烛也。"

日本寺岛安良编《和汉三才图会》五八引《本草纲目》语云"烛有蜜蜡烛虫蜡烛牛脂烛桕油烛"，后加案语曰："案唐式云少府监每年供蜡烛七十挺，则元以前既有之矣。有数品，而多用木蜡牛脂蜡也。有油桐子蚕豆苍耳子等为蜡者，火易灭。有鲸鲵油为蜡者，其焰甚臭，牛脂蜡亦臭。近年制精，去其臭气，故多以牛蜡伪为木蜡，神佛灯明不可不辨。"

但是近年来蜡烛恐怕已是倒了运，有洋人替我们造了电灯，其次也有洋蜡洋油，除了拿到妙峰山上去之外大约没有其他的什么用处了。就是要用蜡烛，反正牛羊脂也凑合可以用得，神佛未必会得见怪，——日本真宗的和尚不是都要娶妻吃肉了么？那么桕油并不再需要，田边水畔的红叶白实不久也将绝迹了罢。这于国民生活上本来没有什么关系，不过在我想起来的时候总还有点怀念，小时候喜读《南方草木状》《岭表录异》和《北户录》等书，这种脾气至今还是存留着，秋天买了一部大板的《本草纲目》，很为我的朋友所笑，其实也只是为了这个缘故罢了。

十九年十二月二十五日，于北平煅药庐

苋 菜 梗

——草木虫鱼之四

近日从乡人处分得腌苋菜梗来吃，对于苋菜仿佛有一种旧雨之感。苋菜在南方是平民生活上几乎没有一天缺的东西，北方却似乎少有，虽然在北平近来也可以吃到嫩苋菜了。查《齐民要术》中便没有讲到，只在卷十列有人苋一条，引《尔雅》郭注，但这一卷所讲都是"五谷果蓏菜茹非中国物产者"，而《南史》中则常有此物出现，如《王智深传》云，"智深家贫无人事，尝饿五日不得食，掘苋根食之"。又《蔡樽附传》云，"樽在吴兴不饮郡斋井，斋前自种白苋紫茄以为常饵，诏褒其清"。都是很好的例。

苋菜据《本草纲目》说共有五种，马齿苋在外。苏颂曰："人苋白苋俱大寒，其实一也，但大者为白苋，小者为人苋耳，其子霜后方熟，细而色黑。紫苋叶通紫，吴人用染爪者，诸苋中唯此无毒不寒。赤苋亦谓之花苋，茎叶深赤，根茎亦可糟藏，食之甚美，味辛。五色苋今亦稀有，细苋俗谓之野苋，猪好食之，又名

猪苋。"李时珍曰："苋并三月撒种，六月以后不堪食，老则抽茎如人长，开细花成穗，穗中细子扁而光黑，与青箱子鸡冠子无别，九月收之。"《尔雅·释草》："蒉赤苋"，郭注云"今之苋赤茎者"，郝懿行疏乃云"今验赤苋茎叶纯紫，浓如燕支，根浅赤色，人家或种以饰园庭，不堪啖也"。照我们经验来说，嫩的紫苋固然可以瀹食，但是"糟藏"的却都用白苋，这原只是一乡的习俗，不过别处的我不知道，所以不能拿来比较了。

说到苋菜同时就不能不想到甲鱼。《学圃余疏》云，"苋有红白二种，素食者便之，肉食者忌与鳖共食。"《本草纲目》引张鼎曰："不可与鳖同食，生鳖瘕，又取鳖肉如豆大，以苋菜封裹置土坑内，以土盖之，一宿尽变成小鳖也。"其下接联地引汪机曰："此说屡试不验。"《群芳谱》采张氏的话稍加删改，而末云"即变小鳖"之后却接写一句"试之屡验"，与原文比较来看未免有点滑稽。这种神异的物类感应，读了的人大抵觉得很是好奇，除了雀入大水为蛤之类无可着手外，总想怎么来试他一试，苋菜鳖肉反正都是易得的材料，一经实验便自分出真假，虽然也有越试越糊涂的，如《酉阳杂俎》所记："蝉未脱时名复育，秀才韦翾庄在杜曲，常冬中掘树根，见复育附于朽处，怪之，村人言蝉固朽木所化也，翾因剖一视之，腹中犹实烂木。"这正如剖鸡胃中皆米粒，遂说鸡是白米所化也。苋菜与甲鱼同吃，在三十年前曾和一位族叔试过，现在族叔已将七十了，听说还健在，我也不曾肚痛，那么鳖瘕之说或者也可以归入不验之列了罢。

苋菜梗的制法须俟其"抽茎如人长"，肌肉充实的时候，去叶取梗，切作寸许长短，用盐腌藏瓦坛中，候发酵即成，生熟皆可食。平民几乎家家皆制，每食必备，与干菜腌菜及螺蛳霉豆腐千张等为日用的副食物，苋菜梗卤中又可浸豆腐干，卤可蒸豆腐，味与"溜豆腐"相似，稍带枯涩，别有一种山野之趣。读外乡人游越的文章，大抵众口一词地讥笑土人之臭食，其实这是不足怪的，绍兴中等以下的人家大都能安贫贱，敝衣恶食，终岁勤劳，其所食者除米而外，唯菜与盐，盖亦自然之势耳。干腌者有干菜，湿腌者以腌菜及苋菜梗为大宗，一年间的"下饭"差不多都在这里。《诗》云："我有旨蓄，可以御冬，是之谓也。"至于存置日久，干腌者别无问题，湿腌则难免气味变化，顾气味有变而亦别具风味，此亦是事实，原无须引西洋干酪为例者也。

　　《邵氏闻见录》云："汪信民常言，人常咬得菜根则百事可做，胡康侯闻之击节叹赏。"俗语亦云："布衣暖，菜根香，读书滋味长。"明洪应明遂作《菜根谭》以骈语述格言，《醉古堂剑扫》与《婆罗馆清言》亦均如此，可见此体之流行一时了。咬得菜根，吾乡的平民足以当之，所谓菜根者当然包括白菜芥菜头，萝卜芋艿之类，而苋菜梗亦附其下，至于苋根虽然救了王智深的一命，实在却无可吃，因为在只是梗的末端罢了，或者这里就是梗的别称也未可知。咬了菜根是否百事可做，我不能确说，但是我觉得这是颇有意义的，第一可以食贫，第二可以习苦，而实在却也有清淡的滋味，并没有戢菜这样难吃，胆这样难尝。这个年

中国儿童文学传世经典

头儿人们似乎应该学得略略吃得起苦才好。中国的青年有些太娇养了，大抵连冷东西都不会吃，水果冰激淋除外，我真替他们忧虑，将来如何上得前敌，至于那粉泽不去手，和穿红里子的夹袍的更不必说了。其实我也并不激烈地想禁止跳舞或抽白面，我知道在乱世的生活中耽溺亦是其一，不满于现世社会制度而无从反抗，往往沉浸于醇酒妇人以解忧闷，与中山饿夫殊途而同归，后之人略迹原心，也不敢加以菲薄，不过这也只是近于豪杰之徒才可以，决不是我们凡人所得以援引的而已。——喔，似乎离本题太远了，还是就此打住，有话改天换了题目再谈罢。

二十年十月二十六日，于北平

关于蝙蝠

——草木虫鱼七

苦雨翁：

　　我老早就想写一篇文章论论这位奇特的黑夜行脚的蝙蝠君。但终于没有写，不，也可以说是写过的，只是不立文字罢了。

　　昨夜从苦雨斋谈话归来，车过西四牌楼，忽然见到几只蝙蝠沿着电线上面飞来飞去，似乎并不怕人，热闹市口它们这等游逛，说起来我还是第一次看见，岂未免有点儿乡下人进城乎。

　　"奶奶经"告诉我，蝙蝠是老鼠变的。怎样的一个变法呢？据云，老鼠嘴馋，有一回口渴，错偷了盐吃，于是脱去尾巴，生上翅膀，就变成了现在的蝙蝠这般模样。这倒也十分自在，未免更上一层楼，从地上的活动，进而为空中的活动，飘飘乎不觉羽化而登仙。但另有一说，同为老鼠变的则一，同为口渴的也则一，这个则是偷吃了油。我佛面前长明灯，每晚和尚来添油，后来不知怎的，却发现灯盘里面的油，一到隔宿便涓滴也没有留存。和尚好生奇怪，有一回，夜半，私下起来探视，却见一个似

中国儿童文学
传世经典

老鼠而又非老鼠的东西昏卧在里面。也许它正在蒙眬罢，和尚轻轻地捻起，蓦然间它惊醒了，不觉大声而疾呼："叽！叽！"

和尚慈悲，走出门，一扬手，喝道：

善哉——

有翅能飞，

有足能走。

于是蝙蝠从此遍天下。

生物学里关于蝙蝠是怎样讲法，现在也不大清楚了。只知道他是胎生的，怪别致的，走兽而不离飞鸟，生上这么两扇软翅，分明还记得，小时候读小学教科书（共和国的），曾经有过蝙蝠君的故事。唉，这太叫人什么了，想起那教科书，真未免对于此公有些不敬，仿佛说它是被厌弃者，走到兽群，兽群则曰，你有两翅，非我族类。走到鸟群，鸟群则曰，你是胎生，何与吾事。这似乎是因为蝙蝠君会有挑唆和离间的本事。究竟它和它的同辈争过怎样的一席长短，或者与它的先辈先生们有过何种利害冲突的关系，我俱无从知道，固然在事实上好像也找不出什么证据来，大抵这些都是由于先辈的一时高兴，任意赐给它的头衔罢。然而不然，不见夫种植图乎，上有蝙蝠飞来，据说这就是"福"的象征呢。在这里，蝙蝠君倒又成为"幸运儿"了。本来么，举凡人世所谓拥护呀，打倒呀之类，压根儿就是个倚伏作闲，孟柯不也说过吗，"赵孟之所贵，赵孟能贱之"。蝙蝠君自然还是在那里过它的幽栖生活。但使我担心的，不知现在的小学教科书，或者儿童读物里面，还有这类不愉快的故事没有。

夏夜的蝙蝠，在乡村里面的，却有着另一种风味。日之夕矣，这一天的农事告完，麦粮进了仓房。牧人赶回猪羊，老黄牛总是在树下多歇一会儿，嘴里懒懒嚼着干草，白沫一直拖到地，照例还要去南塘喝口水才进牛栏的罢。长工几个人老是蹲在场边，腰里拔出旱烟袋在那里彼此对火。有时也默默然不出一声。场面平滑如一汪水，我们一群孩子喜欢再也没有可说的，有的光了脚在场上乱跑。这时不知从哪里来的蝙蝠，来来往往的只在头上盘旋，也不过是树头高罢，孩子们于是慌了手脚，跟着在场上兜转，性子急一点的未免把光脚乱跺。还是大人告诉我们的，脱下一只鞋，向空中抛去，蝙蝠自会钻进里边来，就容易把它捉住了。然而蝙蝠君却在逗弄孩子们玩耍，倒不一定会给捉住的，不过我们蹁一只脚在场上跳来跳去，实在怪不方便的，一不慎，脚落地，踏上满袜子土，回家不免要挨父亲瞪眼。有时在外面追赶蝙蝠直至更深，弄得一身土，不敢回家，等到母亲出门呼唤，才没精打采地归去。

年来只在外面漂泊，家乡的事事物物，表面上似乎来得疏阔，但精神上却也分外觉得亲近。偶尔看见夏夜的蝙蝠，因而想起小时候听白发老人说"奶奶经"以及自己顽皮的故事，真大有不胜其今昔之感了。

关于蝙蝠君的故事，我想先生知道的要多许多，写出来也定然有趣。何妨也就来谈谈这位"夜行者"呢？

Grahame 的《杨柳风》（*The Wind in the Willows*）小书里面，不知曾附带提到这小动物没有，顺便的问一声。

七月二十日，启无

启无兄：

关于蝙蝠的事情我所知道的很少，未必有什么可以补充。查《和汉三才图会》卷四十二原禽类，引《本草纲目》等文后，按语曰："伏翼身形色声牙爪皆似鼠而有肉翅，盖老鼠化成，故古寺院多有之。性好山椒，包椒于纸抛之，则伏翼随落，竟捕之。若所啮手指则难放，急以椒与之，即脱焉。其为鸟也最卑贱者，故俚语云，无鸟之乡蝙蝠为上。"案日本俗语"无鸟的乡村的蝙蝠"，意思就是矮子队里的长子。蝙蝠喜欢花椒，这种传说至今存在，如东京儿歌云：

> 蝙蝠，蝙蝠，
>
> 给你山椒吧，
>
> 柳树底下给你水喝吧。
>
> 蝙蝠，蝙蝠，
>
> 山椒的儿，
>
> 柳树底下给你醋喝吧。

北原白秋在《日本的童谣》中说："我们做儿童的时候，吃过晚饭就到外边去，叫蝙蝠或是追蝙蝠玩。我的家是酒坊，酒仓左近常有蝙蝠飞翔。而且蝙蝠喜欢喝酒。我们捉到蝙蝠，把酒倒在碟子里，拉住它的翅膀，伏在里边给它酒喝。蝙蝠就红了脸，醉了，或者老鼠似的吱吱地叫了。"日向地方的童谣云：

　　　　酒坊的蝙蝠，给你酒喝吧。

　　　　喝烧酒么，喝清酒么？

　　　　再下一点来再给你喝吧。

有些儿童请它吃糟喝醋，也都是这个意思的变换。不过这未必全是好意，如长野的童谣便很明白，即是想脱一只鞋向空抛去也。其词曰：

　　　　蝙蝠，来，

　　　　快来！

　　　　给你草鞋，快来！

雪如女士编《北平歌谣集》一〇三首云：

　　　　檐蝙蝠，穿花鞋，

你是奶奶我是爷。

这似乎是幼稚的恋爱歌，虽然还是说的花鞋。

蝙蝠的名誉我不知道是否系为希腊老奴伊索所弄坏，中国向来似乎不大看轻它的。它是暮景的一个重要的配色，日本《诽句辞典》中说："无论在都会或乡村，薄暮的景色与蝙蝠都相调和，但热闹杂沓的地方其调和之度较薄。大路不如行人稀少的小路，都市不如寂静的小城，更密切地适合。看蝙蝠时的心情，也要仿佛感着一种萧寂的微淡的哀愁那种心情才好。从满腔快乐的人看去，只是皮相的观察，觉得蝙蝠在暮色中飞翔罢了，并没有什么深意，若是带了什么败残之憾或历史的悲愁那种情调来看，便自然有别种的意趣浮起来了。"这虽是《诗韵含英》似的解说，却也颇得要领，小时候读唐诗（韩退之的诗么？），有两句云："山石荦确行径微，黄昏到寺蝙蝠飞。"至今还觉得有趣味。会稽山下的大禹庙里，在禹王耳朵里做窠的许多蝙蝠，白昼也吱吱地乱叫，因为我们到庙时不在晚间，所以总未见过这样的情景。日本俳句中有好些咏蝙蝠的佳作，举其一二：

蝙蝠呀，

屋顶草长——

圆觉寺。——亿兆子作。

蝙蝠呀，

人贩子的船

靠近了岸。——水乃家作。

上牢呀，

卫士所烧的火上的

食蚊鸟。——芋村作。

Kakuidori，吃蚊子鸟，即是蝙蝠的别名。

格来亨的《杨柳风》里没有说到蝙蝠，他所讲的只是土拨鼠、水老鼠、罐、獭和獭蛤蟆。但是我见过一本《蝙蝠的生活》，很有文学的趣味，是法国 Charles Derennes 所著，Willcox 女士于一九二四年译成英文，我所见的便是这一种译本。

十九年七月二十三日，岂明①

---

① 岂明，周作人的笔名。

村里的戏班子

去不去到里赵看戏文？七斤老捏住了照例的那四尺长的毛竹旱烟管站起来说。

好吧。我踌躇了一会才回答，晚饭后舅母叫表姐妹们都去做什么事去了，反正搓不成麻将。

我们出门往东走，面前的石板路朦胧得发白，河水黑黝黝的，隔河小屋里"哦"地叹了一声，知道劣秀才家的黄牛正在休息。再走上去就是外赵，走过外赵才是里赵，从名字上可以知道这是赵氏聚族而居的两个村子。

戏台搭在五十叔的稻地上，台屁股在半河里，泊着班船，让戏子可以上下。台前站着五六十个看客，左边有两间露天看台，是赵氏搭了请客人坐的。我因了五十婶的招待坐了上去，台上都是些堂客，老是嗑着瓜子，鼻子里闻着猛烈的头油气，戏台上点了两盏乌默默的发烟的洋油灯，侉侉侉地打着破锣，不一会儿有人出台来了，大家举眼一看，乃是多福纲司，镇塘殿的蛋船里的一位老大，头戴一顶灶司帽，大约是扮着什么朝代的皇帝。他在正面半桌背后坐了一分钟之后，出来踱了一趟，随即有一个赤背赤脚，单系一条牛头水裤的汉子，手拿两张破旧的令旗，夹住了皇帝的腰胯，把他一直送进后台去了。接着出来两三个一样赤着背，挽着纽纠头的人，起首乱跌，将他们的背脊向台板乱撞乱磕，碰得板都发跳，烟尘陡乱，据说是在"跌鲫鱼爆"，后来知道在旧戏的术语里叫作摔壳子。这一摔花了不少工夫，我渐渐有点忧虑，假如不是谁的脊梁或是台板摔断一块，大约这场跌打不会中止。好容易这两三个人都平安地进了台房，破锣又侉侉地开始敲打起来，加上了斗鼓的格答格答的声响，仿佛表示要有重要的事件出现了。忽然从后台唱起"呀"的一声，一位穿黄袍，手拿象鼻刀的人站在台口，台下起了喊声，似乎以小孩的呼笑为多：

"弯老，猪头多少钱一斤？"

"阿九阿九，桥头吊酒……"

我认识这是桥头卖猪肉的阿九。他拿了象鼻刀在台上摆出好些架势，把眼睛轮来轮去的，可是在小孩们看了似乎很是好玩，呼号得更起劲了，其中夹着一两个大人的声音道：

"阿九，多卖点力气。"

一个穿白袍的撅着一枝两头枪奔出来，和阿九遇见就打，大家知道这是打更的长明，不过谁也和他不打招呼。

女客嗑着爪子，头油气一阵阵地熏过来。七斤老靠了看台站着，打了两个呵欠，抬起头来对我说道，到那边去看看吧。

我也不知道那边是什么，就爬下台来，跟着他走到神桌跟

81

前，看见桌上供着五个纸牌位，其中一张绿的知道照例是火神菩萨。再往前走进了两扇大板门，即是五十叔的家里。堂前一顶八仙桌，四角点了洋蜡烛，在搓麻将，四个人差不多都是认识的。我受了"麦镬烧"的供应，七斤老在抽他的旱烟——"湾奇"，站在人家背后看得有点入迷。糊里糊涂地过了好些时光，很有点儿倦怠，我催道，再到戏文台下溜一溜吧。

嗡，七斤老含着旱烟管的咬嘴答应。眼睛仍望着人家的牌，用力地喝了几口，把烟蒂头磕在地上，别转头往外走，我拉着他的烟必子，一起走到稻地上来。

戏台上乌黢黢的台亮还是发着烟，堂客和野小孩都已不见了，台下还有些看客，零零落落地大约有十来个人。一个穿黑衣的人在台上踱着。原来这还是他阿九，头戴毗卢帽，手执仙帚，小丑似的把脚一伸一伸地走路，恐怕是《合钵》里的法海和尚吧。

站了一会儿，阿九老是踱着，拂着仙帚。我觉得烟必子在动，便也跟了移动，渐渐往外赵方面去，戏台留在后边了。

忽然听得远远地破锣侉侉地响，心想阿九这一出戏大约已做完了吧。路上记起儿童的一首俗歌来，觉得写得很好：

　　台上紫云班，台下都走散。
　　连连关庙门，东边墙壁都爬坍。
　　连连扯得住，只剩一担馄饨担。

十九年六月

中国儿童文学
传世经典

北平的春天

北平的春天似乎已经开始了，虽然我还不大觉得。立春已过了十天，现在是七九六十三的起头了，布衲摊在两肩，穷人该有欣欣向荣之意。光绪甲辰即一九○四年小除，那时我在江南水师学堂曾作一诗云：

"一年倏就除，风物何凄紧。百岁良悠悠，白日催人尽。既不为大椿，便应如朝菌。一死息群生，何处问灵蠢。"但是第二天除夕我又作了这样一首云：

"东风三月烟花好，凉意千山云树幽，冬最无情今归去，明朝又得及春游。"这诗是一样的不成东西，不过可以表示我总是很爱春天的。春天有什么好呢，要讲它的力量及其道德的意义，最好去查盲诗人爱罗先珂的抒情诗的演说，那篇世界语原稿是由我笔录，译本也是我写的，所以约略都还记得，但是这里誊录自然也更可不必了。春天的是官能的美，是要去直接领略的，关门歌颂一无是处，所以这里抽象的话暂且割爱。

且说我自己的关于春的经验，都是与游有相关的。古人虽说

以鸟鸣春，但我觉得还是在别方面更感到春的印象，即是水与花木。迂阔地说一句，或者这正是活物的根本的缘故罢。小时候，在春天总有些出游的机会，扫墓与香市是主要的两件事，而通行只有水路，所在又多是山上野外，那么这水与花木自然就不会缺少的。香市是公众的行事，禹庙南镇香炉峰为其代表。扫墓是私家的，会稽的乌石头调马场等地方至今在我的记忆中还是一种代表的春景。庚子年三月十六日的日记云：

"晨坐船出东郭门，挽纤行十里，至绕门山，今称东湖，为陶心云先生所创修，堤计长二百丈，皆植千叶桃垂柳及女贞子各树，游人颇多。又三十里至富盛埠，乘兜桥过市行三里许，越岭，约千余级。山中映山红牛郎花甚多，又有蕉藤数株，着花蔚蓝色，状如豆花，结实即刀豆也，可入药。路旁皆竹林，竹萌之出土者粗于碗口而长仅二三寸，颇为可观。忽闻有声如鸡鸣，阁阁然，山谷皆响，问之轿夫，云系雉鸡叫也。又二里许过一溪，阔数丈，水没及骭，异者乱流而渡，水中圆石颗颗，大如鹅卵，整洁可喜。行一二里至墓所，松柏夹道，颇称闳壮。方祭时，小雨簌簌落衣袂间，幸即晴霁。下山午餐，下午开船。将进城门，忽天色如墨，雷电并作，大雨倾注，至家不息。"

旧事重提，本来没有多大意思，这里只是举个例子，说明我春游的观念而已。我们本是水乡的居民，平常对于水不觉得怎么新奇，要去临流赏玩一番，可是生平与水太相习了，自有一种情分，仿佛觉得生活的美与悦乐之背景里都有水在，由水而生的草

故乡的野菜

木次之，禽虫又次之。我非不喜禽虫，但它总离不了草木，不但是吃食，也实是必要的寄托，盖即使以鸟鸣春，这鸣也得在枝头或草原上才好，若是雕笼金锁，无论怎样鸣得起劲，总使人听了索然兴尽也。

话休烦絮。到底北平的春天怎么样了呢，老实说，我住在北京和北平已将二十年，不可谓不久矣，对于春游却并无什么经验。妙峰山虽热闹，尚无暇瞻仰，清明郊游只有野哭可听耳。北平缺少水气，使春光减了成色，而气候变化稍剧，春天似不曾独立存在，如不算它是夏的头，亦不妨称为冬的尾，总之风和日暖让我们着了单袷可以随意徜徉的时候是极少，刚觉得不冷就要热了起来了。不过，这春的季候自然还是有的。第一，冬

之后明明是春，且不说节气上的立春也已过了。第二，生物的发生当然是春的证据，牛山和尚诗云，春叫猫儿猫叫春，是也。人在春天却只是懒散，雅人称曰春困，这似乎是别一种表示。所以北平到底还是有它的春天，不过太慌张一点了，又欠腴润一点，叫人有时来不及尝它的味儿，有时尝了觉得稍枯燥了，虽然名字还叫作春天，但是实在就把它当作冬的尾，要不然便是夏的头，反正这两者在表面上虽差得远，实际上对于不大承认它是春天原是一样的。

我倒还是爱北平的冬天。春天总是故乡的有意思，虽然这是三四十年前的事，现在怎么样我不知道。至于冬天，就是三四十年前的故乡的冬天我也不喜欢：那些手脚生冻疮，半夜里醒过来像是悬空挂着似的，上下四旁都是冷气的感觉，很不好受，在北平的纸糊过的屋子里就不会有的。在屋里不苦寒，冬天便有一种好处，可以让人家做事：手不僵冻，不必炙砚呵笔，于我们写文章的人大有利益。北平虽几乎没有春天，我并无什么不满意，盖吾以冬读代春游之乐久矣。

甘五年二月十四日

中国儿童文学
传世经典

儿时杂事

　　偶读史震林《西青散记》。此书太漂亮有才子气，非不佞所喜，但其中也有几节可取，如卷二 "记儿时诸事" 即其一。文曰：

　　事有小而不忘，思之不可再得，与人言生感慨者。忆三四岁时最喜猬。猬剌如栗房，见人则首尾相就如毬，啼时见猬即喜笑，以足蹴之辘辘行。获乳兔二，抱而眠，饲以豆叶，不食而死，哭之数日。八九岁独负筐采棉，怀煨饼，邻有兄名中哥，长一岁，呼中哥为伴，坐棉下分煨饼共食之。棉内种芝麻，生绿虫，似蚕而大，捻之相恐吓，中哥做骇态，蹙额缩颈以为笑。后虽长，常采棉也。采棉日宜阴，日炙败叶，屑然而脆，粘于花，天晴每承露采之，日中乃已，或兼采杂荄，棉与荄相和筐中，既归乃别之也。幼时未得其趣，前岁自西山归湖上，携稚儿采棉于村北。秋末阴凉，黍稷黄茂，早禾即获，晚菜始生，循田四望，远峰一青，碎云千白，蜻蜓交飞，野虫振响，平畴良阜，独树破巢，农者锄镰异业，进退俯仰，望之皆从容自得。稚儿渴，寻得馀瓜于虫叶断蔓之中，大如拳，食之生涩。土蟓飞掷，翅有声激激然，儿捕其一，旋令放去。晚归，稚儿在前，自负棉徐步随之，任意问答，遥见桑枣下夕阳满扉，老母倚门而望矣。

卷一又述王澹园语云：

　　迩者幼儿学步，见小鸟行啄，鸣声啁啾，引手潜近，欲执其尾。鸟欺其幼也，前跃数武，复鸣啄如故焉，凝睇久立，仍潜行执之，则扈然而飞。鸟去则仰面嘣唉而呕呢，鸟下而复然。观此自娱也。

此是"闲看儿童捉柳花"的说法，却亦精细有情致，似易而实难也。沈三白《浮生六记》卷二"闲情记趣"首节云：

　　余忆童稚时能张目对日，明察秋毫，见藐小微物必细察其纹理，故时有物外之趣。夏蚊成雷，私拟作群鹤舞空，心之所向，则或千或百果然鹤也，昂首观之，项为之强。又留蚊于素帐中，徐喷以烟，使其冲烟飞鸣，作青云白鹤观，果如鹤唳云端，怡然称快。于土墙凹凸处，花台小草丛杂处，常蹲其身，使与台齐，定目细视，

以丛草为林，以虫蚁为兽，以土砾凸者为邱，凹者为壑，神游其中，怡然自得。一日，见二虫斗草间，观之正浓，忽有庞然大物拔山倒树而来，盖一癞蛤蟆也，舌一吐而二虫尽为所吞。余年幼，方出神，不觉呀然惊恐。神定，捉蛤蟆鞭数十，驱之别院。年长思之，二虫之斗，盖图奸不从也，古语云"奸近杀"，虫亦然耶？贪此生涯，卵（原注云，吴俗呼阳曰卵）为蚯蚓所哈，肿不能便，捉鸭开口哈之，婢妪偶释手，鸭颠其颈作吞噬状，惊而大哭，传为话柄。

舒白香《游山日记》卷二，嘉庆九年六月辛巳条下有一节云：

予三五岁时最愚，夜中见星斗阑干，去人不远，辄欲以竹竿击落一星代灯烛。于是乘屋而叠几，手长竿撞星不得，则反仆于屋，折二齿焉，幸犹未龀，不致终废啸歌也。又尝随先太恭人出城饮某淑人园亭，始得见郊外平远处天与地合，不觉大喜而哗，诚御者鞭马疾驰至天尽头处，试扪之，当异常石，然后旋车饭某氏未迟。太恭人怒且笑曰："痴儿！携汝未周岁自江西来，行万里矣，犹不知天尽何处，乃欲扪天以赴席耶！"予今者仅居此峰，去人间不及万丈，顾已沾沾焉自炫其高，其愚亦正与孩时等耳。随笔自广，以博一笑。

中国儿童文学
传世经典

方濬颐《梦园丛说》内篇卷六有云：

犹记儿时读《博物志》云："五月五日取青蛉头，正中门埋，皆成青珠。"因于天中节扑得青蛉，将取锄以瘗。顾先生见而诃之。具以实告。先生笑曰："尽信书则不如无书，孺子太不解事。"斯语可为读死书者下一针砭也。

钱振锽《课馀闲笔》中有一则云：

余稚时性暴厉不堪，戕物尤甚。尝杀池中巨螺数百，尸而陈之，被塾师所见，怒其暴殄天物，大加让斥。又尝有群蚁千百至案上，余杀之无遗。家中九峰阁尝有群蜂入焉，借以御冬也，余又烬而歼之，至千百计。种种罪案难以悉数。至今不过三五年，性气大变。时值十月，阁中群蜂百族相聚，诸弟年幼尝欲歼之，皆被余拦阻。一日援笔作诗未竟，蜂从颈后猛刺数下，大为所苦，余不过诛其罪魁一耳，他不及问也。

以上数节，虽文章巧拙有不同，其记述儿童生活都颇有意思。如在歌咏儿童的文学发达的地方，这样的东西原算不得什么，但是在我们中国，就不能不说是难得而可贵了。不过大抵难免有小毛病，即其目的并不在于简单地追记儿时生活，多少另有作用。纪晓岚《阅微草堂笔记》中《滦阳消夏录》卷五有云：

余两三岁时，尝见四五小儿，彩衣金钏，随余嬉戏，皆呼余为弟，意似甚相爱，稍长时乃皆不见。后以告先姚安公，公沉思久之，爽然曰：汝前母恨无子，每令尼媪以彩丝系神庙泥孩归，置于卧内，各命以乳名，日饲果饵，与哺子无异。殁后，吾命人瘗楼后空院中，必是物也。恐后来为妖，拟掘出之，然岁久已迷其处矣。

这是很好的一例。纪君喜言鬼怪，其笔记五种共二十四卷，不说到妖异的大约不及百一，日前检阅一过，备近代随笔之选，可取者才八则而已。上文所引尚有大半意在叙说前母显灵，此只是陪衬，但我们如断章取义，亦可作儿童生活考察之资料。小儿感觉与大人异，或有时自有幻景，即平时玩弄竹马泥人亦是如此，如沈三白所说可为例证，纪晓岚则更进一步耳。泥孩为妖，不佞不以为可能，在古人原自无怪，且纪君若不为此便不涉笔，正亦赖有此种迷信，乃得留下一点资料。在民俗志中，求子与祈年固是同样的重要者也。往见外国二三歌咏儿童的文学之总集，心甚喜爱，惜中国无此类书物，欲自行编辑则无此时光与力量，只就所见抄录一二，以自怡悦。范啸风自传已别有摘录，兹亦不

中国儿童文学
传世经典

再抄入矣。

（廿六年九月廿一日录于北平）

[附记]

　　森鸥外著《伊泽兰轩传》第一百三十九节引用北条霞亭所著《霞亭涉笔》，有云："记二十年前一冬多雪，予时髫龀，喜甚，乃与稚弟彦就庭砌团雪，塑一布袋和尚，坐之盆内，爱玩竟日，旋复移置寝处，褥卧观之。翌日起，问布袋和尚所在，已消释尽矣。弟涕泣求再塑之不已，而雪不可得，母氏慰谕而止。后十余年，彦罹疾没。尔来每雪下，追忆当时之事，其声音笑貌，垂髫之葳蕤，彩衣之斑斓，宛然在耳目，并感及平生之志行，未尝不怆然悲苗而不秀矣。"案，霞亭生于日本安永九年（一七八〇），《涉笔》作于文化戊辰（一八〇八），即舒白香著《游山日记》的后四年也。所云二十年前，盖是一七八八年顷，霞亭时年九岁，其弟彦则五岁也。

九月二十二日再记

卖 糖

　　崔晓林著《念堂诗话》卷二中有一则云："《日知录》谓古卖糖者吹箫，今鸣金。予考徐青长诗，敲锣卖夜糖，是明时卖饧鸣金之明证也。"案此五字见《徐文长集》卷四，所云青长当是青藤或文长之误。原诗题曰《昙阳》，凡十首，其五云："何事移天竺，居然在太仓。善哉听白佛，梦已熟黄粱。托钵求朝饭，敲锣卖夜糖。"所咏当系王锡爵女事，但语颇有费解处，不佞亦只能取其末句，作为夜糖之一佐证而已。查范啸风著《越谚》卷中饮食类中，不见夜糖一语，即梨膏糖亦无，不禁大为失望。绍兴如无夜糖，不知小人们当更如何寂寞，盖此与炙糕二者实是儿童的恩物，无论野孩子与大家子弟都是不可缺少者也。夜糖的名义不可解，其实只是圆形的硬糖，平常亦称圆眼糖，因形似龙眼故，亦有尖角者，则称粽子糖，共有红白黄三色，每粒价一钱，若至大路口糖色店去买，每十粒只七八文即可，但此是三十年前价目，现今想必已大有更变了。梨膏糖每块需四文，寻常小孩多不敢问津，此外还有一钱可买者有茄脯与梅饼。以砂糖煮茄子，略晾干，

95

原以斤两计，卖糖人切为适当的长条，而不能无大小，小儿多较量择取之，是为茄脯。梅饼者，黄梅与甘草同煮，连核捣烂，范为饼如新铸一分铜币大，吮食之别有风味，可与青盐梅竞爽也。卖糖者大率用担，但非是肩挑，实只一筐，俗名桥篮，上列木匣，分格盛糖，盖以玻璃，有木架交叉如交椅，置篮其上，以待顾客，行则叠架夹胁下，左臂操筐，俗语曰桥。虚左手撼一小锣，右手执木片如笏状，击之声镗镗然，此即卖糖之信号也，小儿闻之惊心动魄，殆不下于货郎之惊闺与唤娇娘焉。此锣直径不及一尺，窄边，不系索，击时以一指抵边之内缘，与铜锣之提索及用锣槌者迥异，民间称之曰镗锣，第一字读如国音汤去声，盖形容其声如此。虽然亦是金属无疑，但小说上常见鸣金收军，则与此又截不相像，顾亭林云卖饧者今鸣金，原不能说错，若云笼统殆不能免，此则由于用古文之故，或者也不好单与顾君为难耳。

卖糕者多在下午，竹笼中生火，上置熬盘，红糖和米粉为糕，切片炙之，每片一文，亦有麻糍，大呼曰麻糍荷炙糕。荷者语助词，如萧老老公之荷荷，唯越语更带喉音，为他处所无。早上别有卖印糕者，糕上有红色吉利语，此外如蔡糖糕，茯苓糕，桂花年糕等亦具备，呼声则仅云卖糕荷，其用处似在供大人们做早点心吃，与炙糕之为小孩食品者又异。此种糕点来北京后便不能遇见，盖南方重米食，糕类以米粉为之，北方则几乎无一不面，情形自大不相同也。

小时候吃的东西，味道不必甚佳，过后思量每多佳趣，往往不能忘记。不佞之记得糖与糕，亦正由此耳。昔年读日本原公道著《先哲丛谈》卷三有讲朱舜水的几节，其一云："舜水归化历年所，能和语，然及其病革也，遂复乡语，则侍人不能了解。"（原本汉文）不佞读之怆然有感。舜水所语盖是余姚话也，不佞虽是隔县当能了知，其意亦唯不佞可解。余姚亦当有夜糖与炙糕，惜舜水不曾说及，岂以说了也无人懂之故欤。但是我又记起《陶庵梦忆》来，其中亦不谈及，则更可惜矣。

廿七年二月廿五日，漫记于北平知堂

[附记]

　　《越谚》不记糖色，而糕类则稍有叙述，如印糕下注云，"米粉为方形，上印彩粉文字，配馒头送喜寿礼。"又麻糍下云，"糯粉，馅乌豆沙，如饼，炙食，担卖，多吃能杀人。"末五字近于赘，盖昔曾有人赌吃麻糍，因以致死，范君遂书之以为戒，其实本不限于麻糍一物，即鸡骨头糕干如多吃亦有害也。看一地方的生活特色，食品很是重要，不但是日常饭粥，即点心以至闲食，亦均有意义，只可惜少有人注意，本乡文人以为琐屑不足道，外路人又多轻饮食而着眼于男女，往往闹出《闲话扬州》似的事件，其实男女之事大同小异，不值得那么用心，倒还不如各种吃食尽有滋味，大可谈谈也。

廿八日又记

读书的经验

买到一册新刻的《汴宋竹枝词》，李于潢著，卷头有蒋湘南的一篇《李李村墓志铭》，写得诙诡而又朴实，读了很是喜欢，查《七经楼文钞》里却是没有。我看着这篇文章，想起自己读书的经验，深感这件事之不容易，摸着门固难，而指点向人亦几乎无用。在书房里我念过四书五经，《唐诗三百首》与《古文析义》，只算是学了识字，后来看书乃是从闲书学来，《西游记》与《水浒传》，《聊斋志异》与《阅微草堂笔记》，可以说是两大类。至于文章的好坏，思想的是非，知道一点别择，那还在其后，也不知道怎样地能够得门径，恐怕其实有些是偶然碰着的吧。即如蒋子潇，我在看见《游艺录》以前，简直不知道有这么一个人，父师的教训向来只说周程张朱，便是我爱杂览，不但道咸后的文章，即使今人著作里，也不曾告诉我蒋子潇的名字，我之因《游艺录》而爱好他，再去找《七经楼文》与《春晖阁诗》来读，想起来真是偶然。可是不料偶然又偶然，我在中国文人中又找出俞理初、袁中郎、李卓吾来，大抵是同样的机缘，虽然今人推重李卓老者不是没有，但是我所取者却非是破坏而在其建设，其可贵处是合理有情，奇辟横肆都只是外貌而已。我从这些人里取出来的也就是这一些，正如有取于佛菩萨与禹稷之传说，以及保守此传说精神之释子与儒家。这话有点说得远了，总之这些都是点点滴滴地集合拢来，所谓粒粒皆辛苦的，在自己看来觉得很可珍惜，同时却又深知道对于别人无甚好处，而仍不免常要饶舌，岂真敝帚自珍，殆是旧性难改乎。

　　外国书读得很少，不敢随便说，但取舍也总有的。在这里我也未能领解正统的名著，只是任意挑了几个，别无名人指导，差不多也就是偶然碰着，与读中国书没有什么两样。我所找着的，在文学批评是丹麦勃阑兑思，乡土研究是日本柳田国男，文化人类学是英国蔼来则，性的心理是蔼理斯。这都是世界的学术大家，对于那些专门学问我不敢伸一个指头下去，可是拿他们的著作来略为涉猎，未始没有益处，只要能吸收一点进来，使自己的见识增深或推广一分也好，回过去看人生能够多少明白一点，就很满足了。近年来时常听到一种时髦话，慨叹说中国太欧化了，我想这在服用娱乐方面或者还勉强说得，若是思想上哪里有欧化气味，所有的恐怕只是道士气秀才气以及官气而已。想要救治，却正用得着科学精神，这本来是希腊文明的产物，不过至近代而始光大，实在也即是王仲任所谓疾虚妄的精神，也本是儒家所具有者也。我不知怎的觉得西哲如蔼理斯等的思想实在与李俞诸君还是一鼻孔出着气的，所不同的只是后者靠直觉懂得了人情物

理，前者则从学理通过了来，事实虽是差不多，但更是确实，盖智慧从知识上来者其根基自深固也。这些洋书并不怎么难于消化，只需有相当的常识与虚心，如中学办得适宜，这与外国文的学力都不难习得，此外如再有读书的兴趣，这件事便已至少有了八分光了。我自己读书一直是暗中摸索，虽然后来找到一点点东西，总是事倍功半，因此常想略有陈述，贡其一得，若野芹蜇口，恐亦未免，唯有惶恐耳。

近来因为渐已懂得文章的好坏，对于自己所写的决不敢自以为好，若是里边所说的话，那又是别一问题。我从民国六年以来写白话文，近五六年写的多是读书随笔，不怪小朋友们的厌恶，我自己也戏称曰文抄公，不过说尽是那么说，写也总是写着，觉得这里边不无有些可取的东西。对于这种文章不以为非的，想起来有两个人，其一是一位外国的朋友，其二是亡友烨斋。烨斋不是他的真名字，乃是我所戏题，可是写信时也曾用过，可以算是受过默许的。他于最后见面的一次还说及，他自己觉得这样的文很有意思，虽然青年未必能解，有如他的小世兄，便以为这些都是小品文，文抄公，总是该死的。那时我说，自己并不以为怎么了不得，但总之要想说自己所能说的话，假如关于某一事物，这些话别人来写也会说的，我便不想来写。有些话自然也是颇无味的，但是如《瓜豆集》的头几篇，关于鬼神、家庭、妇女，特别是娼妓问题，都有我自己的意见在，而这些意见有的就是上边所说的读书的结果，我相信这与别人不尽同，就是比我十年前的意见也更是正确。所以人家不理解，于别人不能有好处，虽然我十分承认，且以为当然，然而在同时也相信这仍是值得写，因为我终于只是一个读书人，读书所得就只这一点，如不写点下来，未免可惜。在这里我知道自己稍缺少谦虚，却也是无法。我不喜欢假话，自己不知道的都已除掉，略有所知的就不能不承认，如再谦让也即是说诳了。至于此外许多事情，我实在不大清楚，所以我总是竭诚谦虚的。

1940 年 2 月作

雨的感想

　　今年夏秋之间北京的雨下得不大多，虽然在田地里并不干旱，城市中也不怎么苦雨，这是很好的事。北京一年间的雨量本来颇少，可是下得很有点特别，它把全年份的三分之二强在六七八月中间落了，而七月的雨又几乎要占这三个月份总数的一半。照这个情形说来，夏秋的苦雨是很难免的。在民国十三年和二十六年，院子里的雨水上了阶沿，进到西书房里去，证实了我的苦雨斋的名称，这都是在七月中下旬，那种雨势与雨声想起来也还是很讨嫌，因此对于北京的雨我没有什么好感，像今年的雨量不多，虽是小事，但在我看来自然是很可感谢的了。

　　不过讲到雨，也不是可以一口抹杀，以为一定是可嫌恶的。这须得分别言之，与其说时令，还不如说要看地方而定。在有些地方，雨并不可嫌恶，即使不必说是可喜。囫囵的说一句南方，恐怕不能得要领，我想不如具体地说明，在到处有河流，铺街是石板路的地方，雨是不觉得讨厌的，那里即使会涨大水，成水灾，也总不至于使人有苦雨之感。我的故乡在浙东的绍兴，便是这样的一个好例。在城里，每条路差不多有一条小河平行着，其结果是街道上桥很多，交通利用大小船只，民间饮食洗濯依赖河水，大家才有自用井，蓄雨水为饮料。河岸大抵高四五尺，下雨虽多尽可容纳，只有上游水发，而闸门淤塞，下流不通，成为水灾，但也是田野乡村多受其害，城里河水是不至于上岸的。因此住在城里的人遇见长雨，也总不必担心水会灌进屋子里来，因为雨水都流入河里，河固然不会得满，而水能一直流去，不至于停住在院子或街上者，则又全是石板路的关系。我们不曾听说有下水沟渠的名称，但是石板路的构造仿佛是包含有下水计划在内的，大概石板底下都用石条架着，无论多少雨水全由石缝流下，一总到河里去。人家里边的通路以及院子即所谓明堂也无不是石板，室内才用大方砖砌地，俗名曰地平。在老家里有一个长方的院子，承受南北两面楼房的雨水，即使下到四十八小时以上，也不见它停留一寸半寸的水，现在想起来觉得很是特别。秋季长雨的时候，睡在一间小楼上或是书房内，整夜地听雨声不绝，固然是一种喧嚣，却也可以说是一种肃寂，或者感觉好玩也无不可，总之不会使人忧虑的。吾家濂溪先生有一首《夜雨书窗》的诗云：

秋风扫暑尽，半夜雨淋漓。
绕屋是芭蕉，一枕万响围。
恰似钓鱼船，篷底睡觉时。

这诗里所写的不是浙东的事，但是情景大抵近似，总之说是南方的夜雨是可以的吧。在这里便很有一种情趣，觉得在书室听雨如睡钓鱼船中，倒是很好玩似的。下雨无论久暂，道路不会泥泞，院落不会积水，用不着什么忧虑，所有的唯一的忧虑只是怕漏。大雨、急雨从瓦缝中倒灌而入，长雨则瓦都湿透了，可以浸润缘入，若屋顶破损，更不必说，所以雨中搬动面盆水桶，罗列满地，承接屋漏，是常见的事。民间故事说不怕老虎只怕漏，生出偷儿和老虎猴子的纠纷来，日本也有虎狼古屋漏的传说，可见此怕漏的心理分布得很是广远也。

　　下雨与交通不便本是很相关的，但在上边所说的地方也并不一定如此。一般交通既然多用船只，下雨时照样可以行驶，不过篷窗不能推开，坐船的人看不到山水村庄的景色，或者未免气闷，但是闭窗坐听急雨打篷，如周濂溪所说，也未尝不是有趣味的事。再是舟子，他无论遇见如何的雨和雪，总只是一蓑一笠，站在后艄摇他的橹，这不要说什么诗味画趣，却是看去总毫不难看，只觉得辛劳质朴，没有车夫的那种拖泥带水之感。还有一层，雨中水行同平常一样的平稳，不会像陆行的多危险，因为河水固然一时不能骤增，即使增涨了，如俗语所云，水涨船高，别无什么害处，其唯一可能的影响乃是桥门低了，大船难以通行，若是一人两桨的小船，还是往来自如。水行的危险盖在于遇风，春夏间往往于晴明的午后陡起风暴，中小船只在河港阔大处，又值舟子缺少经验，易于失事，若是雨则一点都不要紧也。坐船以外的交通方法还有步行。雨中步行，在一般人想来总很是困难的吧，至少也不大愉快。在铺着石板路的地方，这情形略有不同。因为是石板路的缘故，既不积水，亦不泥泞，行路困难已经几乎没有，余下的事只需防湿便好，这有雨具就可济事了。从前的人出门必带钉鞋雨伞，即是为此，只要有了雨具，又有脚力，在雨中要走多少里都可随意，反正地面都是石板，城坊无须说了，就是乡村间其通行大道至少有一块石板宽的路可走，除非走入小路岔道，并没有泥泞难行的地方。本来防湿的方法最好是不怕湿，赤脚穿草鞋，无往不便利平安，可是上策总难实行，常人还只好穿上钉鞋，撑了雨伞，然后安心地走到雨中去。我有过好多回这样的在大雨中间行走，到大街里去买吃食的东西，往返就要花两小时的工夫，一点都不觉得有什么困难。最讨厌的还是夏天的阵雨，出去时大雨如注，石板上一片流水，

很高的钉鞋齿踏在上边，有如低板桥一般，倒也颇有意思，可是不久云收雨散，石板上的水经太阳一晒，随即干涸，我们走回来时把钉鞋踹在石板路上格登格登地响，自己也觉得怪寒伧的，街头的野孩子见了又要起哄，说是旱地乌龟来了。这是夏日雨后出门的人常有的经验，或者可以说是关于钉鞋雨伞的一件顶不愉快的事情吧。

以上是我对于雨的感想，因了今年北京夏天不下大雨而引起来的。但是我所说的地方的情形也还是民国初年的事，现今一定很有变更，至少路上石板未必保存得住，大抵已改成蹩脚的马路了吧。那么雨中步行的事便有点不行了，假如河中还可以行船，屋下水沟没有闭塞，在篷底窗下可以平安地听雨，那就已经是很可喜的了。

1944 年 8 月作

风 的 话

　　北京多风，则常想写一篇小文章讲讲它。但是一拿起笔，第一想到的便是大块噫气这些话，不觉索然兴尽，又只好将笔搁下。近日北京大刮其风，不但三日两头地刮，而且一刮往往三天不停，看看妙峰山的香市将到了，照例这半个月里是不大有什么好天气的，恐怕书桌上沙泥粒屑，一天里非得擦几回不可的日子还要暂时继续，对于风不能毫无感觉，不管是好是坏，决意写了下来。说风的感想，重要的还是在南方，特别是小时候在绍兴所经历的为本，虽然觉得风颇有点可畏，却并没有什么可以嫌恶的地方。绍兴是水乡，到处是河港，交通全用船，道路铺的是石板，在二三十年前还是没有马路。因为这个缘故，绍兴的风也就有它的特色。这假如说是地理的，此外也有一点天文的关系。

　　绍兴在夏秋之间时常有一种龙风，这是在北京所没有见过的。时间大抵在午后，往往是很好的天气，忽然一朵乌云上来，霎时天色昏黑，风暴大作，在城里说不上飞沙走石，总之是竹木摧折，屋瓦整叠地揭去，哗啦啦地掉在地下，所谓把井吹出篱笆

外的事情也不是没有。若是在外江内河，正坐在船里的人，那自然是危险了，不过撑篙船的老大们大概多是有经验的，他们懂得占候，会看风色，能够预先防备，受害或者不很大。龙风本不是年年常有，就是发生也只是短时间，不久即过去了，记得老子说过，"飘风不终朝，骤雨不终日，孰为此者天地，天地尚不能久，而况于人乎"。这话说得很好，此本是自然的规律，虽然应用于人类的道德也是适合。下龙风一二等的大风却是随时多有，大中船不成问题，在小船也还不免危险。我说小船，这是指所谓踏桨船，从前在《乌篷船》那篇小文中有云：

"小船则真是一叶扁舟，你坐在船底席上，篷顶离你的头有两三寸，你的两手可以搁在左右的舷上，还把手掌都露出在外边。在这种船里仿佛是在水面上坐，靠近田岸去时便和你的眼鼻接近，而且遇着风浪，或是坐得稍不小心，就会船底朝天，发生危险，但是也颇有趣味，是水乡的一种特色。"陈昼卿《海角行吟》中有诗题曰《脚桨船》，小注云："船长丈许，广三尺，坐卧容一身，一人坐船尾，以足踏桨行如飞，向惟越人用以押潮渡江，今江淮人并用之以代急足。"这里说明船的大小，可以作为补足，但还得添一句，即舟人用一桨一楫，无舵，以楫代之。船的容量虽小，但其危险却并不在这小的一点上，因为还有一种划划船，更窄而浅，没有船篷，不怕遇风倾覆，所以这小船的危险乃是因有篷而船身较高之故。在庚子的前一年，我往东浦去吊先君的保姆之丧，坐小船过大树港，适值大风，望见水面波浪如白

鹅乱窜，船在浪上颠簸起落，如走游木，舟人竭力支撑，驶入汊港，始得平定，据说如再颠一刻，不倾没也将破散了。这种事情是常会有的，约十年后我的大姑母来家拜忌日，午后回吴融村去，小船遇风浪倾覆，遂以溺死。我想越人古来断发文身，入水与蛟龙斗，干惯了这些事，活在水上，死在水里，本来是觉悟的，俗语所谓瓦罐不离井上破，是也。我们这班人有的是中途从别处迁移去的，有的虽是土著，经过二千余年的岁月，未必能多少保存长颈鸟喙的气象，可是在这地域内住了好久，如范少伯所说，鼋鼍鱼鳖之与处而蛙黾之与同陼，自然也就与水相习，养成了这一种态度。辛丑以后我在江南水师学堂做学生，前后六年不曾学过游泳，本来在鱼雷学堂的旁边有一个池，因为有两个年幼的学生不慎淹死在里边，学堂总办就把池填平了，等我进校的时候那地方已经改造了三间关帝庙，住着一个老更夫，据说是打长毛立过功的都司。我年假回乡时遇见人问，你在水师当然是会游水吧。答说，不。为什么呢？因为我们只是在船上时有用，若是落了水就不行了，还用得着游泳么。这回答一半是滑稽，一半是实话，没有这个觉悟怎么能去坐那小船呢。

上边我说在家乡就只怕坐小船遇风，可是如今又似乎翻船并不在乎，那么这风也不怎么可畏了。其实这并不尽然。风总还是可怕的，不过水乡的人既要以船为车，就不大顾得淹死与否，所以看得不严重罢了。除此以外，风在绍兴就不见得有什么讨人嫌的地方，因为它并不扬尘，街上以至门内院子里都是石板，刮上一天风也吹不起尘土来，白天只听得邻家的淡竹林的摩戛声，夜里北面楼窗的板门格登格登地作响，表示风的力量，小时候熟悉的记忆现在回想起来，倒还觉得有点有趣。后来离开家乡，在东京随后在北京居住，才感觉对于风的不喜欢。本乡三处的住宅都有板廊，夏天总是那么沙泥粒屑，便是给风刮来的，赤脚踏上去觉得很不愉快，桌子上也是如此，伸纸摊书之前非得用手摸一下不可，这种经验在北京还是继续着，所以成了习惯，就是在不刮风的日子也会这样做，北京还有那种蒙古风，仿佛与南边的所谓落黄沙相似，刮得满地满屋的黄土，这土又是特别的细，不但无孔不入，便是用本地高丽纸糊好的门窗格子也挡不住，似乎能够从那帘纹的地方穿透过去。平常大风的时候，空中呼呼有声，古人云"春风狂似虎"，或者也把风声说在内，听了觉得不很愉快。古诗有云："白杨多悲风，萧萧愁杀人。"这萧萧的声音我却是欢喜，在北京所听的风声中要算是最好的。在前院的绿门外边，西边种了一棵柏树，东边种了一棵白杨，或者严格地说是青杨，如今实足过了廿五个年头，柏树才只拱把，白杨却已长得合抱了。前者是常青树，冬天看了也好看，后者每年落叶，到得春季长出成千万的碧绿大叶，整天地在摇动着，书本上说它无风自摇，其实也有微风，不过别的树叶子尚未吹动，白杨叶柄特别细，所以就颤动起来了。戊寅以前，老友饼斋常来寒斋夜谈，听见墙外瑟瑟之声，辄惊问曰，下雨了吧，但不等回答，立即省悟，又为白杨所骗了。戊寅春初饼斋下世，以后不复有深夜谈天的事，但白

111

杨的风声还是照旧可听，从窗里望见一大片的绿叶也觉得很好看。关于风的话现在可说的就只是这一点，大概风如不和水在一起这固无可畏，却也就没有什么意思了。

1945 年 5 月作

东昌坊故事

余家世居绍兴府城内东昌坊口，其地素不著名，唯据山阴吕善报著《六红诗话》，卷三录有张宗子《快园道古》九则，其一云：

"苏州太守林五磊素不孝，封公至署半月即勒归，予金二十，命悍仆押其抵家，临行乞三白酒数色亦不得，半途以气死。时越城东昌坊有贫子薛五者，至孝，其父于冬日每早必赴混堂沐浴，薛五必携热酒三合御寒，以二鸡蛋下酒。袁山人雪堂作诗云：三合陈醅敌早寒，一双鸡子白团团，可怜苏郡林知府，不及东昌薛五官。"又《毛西河文集》中题罗坤所藏吕潜山水册忆，起首云：

"壬子秋遇罗坤蒋侯祠下，屈指揖别东昌坊五年矣。"关于东昌坊的典故，在明末清初找到了两个，也很可以满意了。东昌坊口是一条东西街，南北两面都是房屋，路南的屋后是河，西首架桥曰都亭桥，东则曰张马桥，大抵东昌坊的区域便在此二桥之间。张马侨之南曰张马巷，亦云绸缎巷，北则是丁字路，迤东有广思堂王宅，其地即土名广思堂，不知其属于东昌坊或覆盆桥也。都亭桥之南曰都亭桥下，稍前即是让檐街，桥北为十字路，

东昌坊口之名盖从此出，往西为秋官第，往北则塔子桥，狙击琶八之唐将军庙及墓皆在此地。我于光绪辛丑往南京以前，有十四五年在那里住过，后来想起来还有好些事情不能忘记，可以记述一点下来。从老家到东昌坊口大约隔着十几家门面，这条路上的石板高低大小，下雨时候的水汪，差不多都还可想象，现在且只说十字路口的几家店铺吧。东南角的德兴酒店是老铺，其次是路北的水果摊与麻花摊，至于西南角的泰山堂药店乃是以风水卜卦起家，绰号矮癞胡的申屠泉所开，算是暴发户，不大有名望了。关于德兴酒店，我的记忆最为深远。我从小时候就记得我家与德兴做账，每逢忌日祭祀，常看见佣人拿了经折子和酒壶去取掺水的酒来，随后到了年节再酌量付还。我还记得有一回，大概是七八岁的时候，独自一人走到德兴去，在后边雅座里找着先君正和一位远房堂伯在喝老酒。他们称赞我能干，分下酒的鸡肫豆给我吃，那时的长方板桌与长凳，高脚的浅酒碗，装下酒盐豆等的黄沙粗碟，我都记得很清楚，虽然这些东西一时别无变化，后来也仍时常看见。连带的使我不能忘记的是酒店所有的各种过酒胚，下酒的小吃，固然这不一定是德兴所做的最好，不过那里自然具备，我们的经验也是从那里得来的，鸡肫豆与茴香豆都是其中重要的一种，七年前在《记盐豆》的小文中曾说：

"小时候在故乡酒店常以一文钱买一包鸡肫豆，用细草纸包作纤足状，内有豆可二三十粒，乃是黄豆盐煮漉干，软硬得中，自有风味。"为什么叫作鸡肫豆呢？其理由不明了，大约为的是嚼着有点软带硬，仿佛像鸡肫似的吧。茴香豆是用蚕豆，越中称作罗汉豆所制，只是干煮加香料，大茴香或是桂皮，也是一文钱起码，亦可以说是为限，因为这种豆不曾听说买上若干文，总是一文一把抓，伙计即酒店官他很有经验，一手抓去数量都差不多，也就摆作一碟，虽然要几碟或几把自然也是自由。此外现成的炒洋花生、豆腐干、咸豆豉等大略具备，但是说也奇怪，这里没有荤腥味，连皮蛋也没有，不要说鱼干鸟肉了。本来这是卖酒附带喝酒，与饭馆不同，是很平民的所在，并不预备阔客的降临，所以只有简单的食品和朴陋的设备正相称。上边所说的这些豆类都似乎是零食，在供给酒客之外，一部分还是小孩们光顾买去，此外还有一两种则是小菜类的东西，人家买去可以作临时的下饭，也是很便利的事。其一名称未详，只是在陶钵内盐水煮长条油豆腐，仿佛是一文钱一个, 临

买时装在碗里，上面加上些红辣椒酱。这制法似乎别无巧妙，不知怎的自己煮来总不一样，想吃时还须得拿了碗到柜上去买。其二名曰时萝卜，以萝卜带皮切长条，用盐略腌，再以红霉豆腐卤渍之，随时取食。此皆是极平常的食物，然在素朴之中自有真味，而皆出自酒店店头，或亦可见酒人之真能知味也。

东北角的水果摊其实也是一间店面，西南两面开放，白天撤去排门，台上摆着些水果，似摊而有屋，似店而无招牌店号，主人名连生，所以大家并其人与店称之曰水果连生云。平常是主妇看店，水果连生则挑了一担水果，除沿街叫卖外，按时上各主顾家去销售。这担总有百十来斤重，挑起来很费气力，所以他这行业是商而兼工的，有些主顾看见他把这一副沉重的担子挑到内堂前，觉得不大好意思让他原担挑了出去，所以多少总要买他一点，无论是杨梅或是桃子。东昌坊距离大街很远，就是大云桥也不很近，临时想买点东西只好上水果连生那里去，其价钱较贵也可以说是无怪的。小时候认识一个南街的小破脚骨，自称姜太公之后，他曾说水果连生所卖的水果是仙丹，所以那么贵，又一转而称店主人曰华佗，因为仙丹当然只有华佗那里发售。都亭桥下又有一家没有招牌的店，出卖荤粥，后来改卖馄饨和面，店更繁昌起来了。主人姓张，曾租住我家西边余屋，开棺材店多年，我的曾祖母是很严格的人，可是没有一点忌讳，真很可佩服。我还记得墙上黑字写着张永兴字号，龙游寿枋等语。这张老板一面做着寿材一面在住家制荤粥出售。荤粥一名肉骨头粥，系从猪肉店买骨头来煮粥，食时加葱花小虾米及酱油，每碗才几文钱，价廉而味美，是平民的好食品，虽然绅士们不大肯屈尊光顾。我们和姜君常常去吃，有一大已经吃下大半碗去了的时候，姜君忽然正色问道，你们没有放下什么毒药么？这一句话问得张老板的儿子、媳妇哑口无言，不知道怎么问答才好，姜君乃徐徐说道，我怕你们兜揽那面的生意呢。店里的人只好苦笑，这其实也是真的，假如感觉敏捷一点的人想到店主人的本业，心里难免有这种疑问，不过不好说出来罢了。这荤粥的味道至今未能忘记，虽然这期间已经有了四十多年的间隔，上月收到长女的乳母诉苦的信，说米价每升已至三四千元，荤粥这种奢侈食品，想必早已没有了吧。因为这样的缘故，把多少年前的地方和情状记录一点下来，或者也不是全无意思的事。

乙酉七月四日

谈 文 章

前几时我在一篇文章里曾经这样说："我不懂文学，但知道文章的好坏。"这句话看来难免有点夸大狂妄，实在也未必然，我所说的本是实话，只是少见婉曲，所以觉得似乎不大客气罢了。不佞束发受书于今已四十年，经过这么长的岁月，猢狲种树似的搬弄这些鸟线装书，假如还不能辨别得一点好坏，岂不是太可怜了么？古董店里当徒弟，过了三四年也该懂得一个大概，不至于把花石雕成的光头人像看作玉佛了吧，可是我们的学习却要花上十倍的工夫，真是抱愧之至。我说知道文章的好坏，仔细想来实在还是感慨系之矣。

文章这件古董会得看了，可是对于自己的做文章别无好处，不，有时不但无益而且反会有害。看了好文章，觉得不容易做，这自然也是一个理由，不过并不重大，因为我们本来不大有这种野心，想拿了自己的东西去和前人比美的。理由倒是在看了坏文章，觉得很容易做成这个样子，想起来实在令人扫兴。虽然前车既覆来轸方遒，在世间原是常有的事，比美比不过，就同你比丑，此丑文之所以不绝迹于世也。但是这也是一种豪杰之士所为，若是平常人未必有如此热心，自然多废然而返了。譬如泰西豪杰以该撒威廉为理想，我也不必再加臧否，只看照相上瞥目咧嘴的样子便不大喜欢，假如做豪杰必须做出那副嘴脸，那么我就有点不愿意做，还是仍旧当个小百姓好，虽然明知生活要吃苦，说也不难看，盖有大志而显丑态或者尚可补偿，凡人则不值得如此也。

做文章最容易犯的毛病其一便是作态，犯时文章就坏了。我看有些文章本来并不坏的，他有意思要说，有词句足用，原可好好地写出来，不过这里却有一个难关。文章是个人所写，对手却是多数人，所以这与演说相近，而演说更与做戏相差不远。演说者有话想说服大众，然而也容易反为大众所支配，有一句话或一举动被听众所赏识，常不免无意识地重演，如拍桌说大家应当冲锋，得到鼓掌与喝采，下面便怒吼说大家不可不冲锋不能不冲锋，拍桌使玻璃杯都蹦跳了。这样，引导听众的演说与娱乐观众的做戏实在已没有多大区别。我是不懂戏文的，但听人家说好的戏子也并不是这样演法，他有自己的规矩，不肯轻易屈己从人。小时候听长辈谈故乡的一个戏子的轶事，他把徒弟教成功了，叫他上台去演戏的时候，吩咐道：你自己演唱要紧，戏台下鼻孔像烟筒似的那班家伙你千万不要去理他。乡间戏子有这样见识，可见他对于自己的技术确有自信，贤于一般的政客文人矣。我读古今文章，往往看出破绽，这便是说同演说家一样，仿佛听他榨扁

了嗓子在吼叫了，在拍桌了，在怒目厉齿了，种种怪相都从纸上露出来，有如圆光似的，所不同者我并不要念咒画符，只须揭开书本子来就成了。文人在书房里写文章，心目却全注在看官身上，结果写出来的尽管应有尽有，却只缺少其所本有耳。这里只抽象地说，我却见过好些实例，触目惊心，深觉得文章不好写，一不小心便会现出丑态来，即使别无卑鄙的用意，也是很不好看。我们自己可以试验了看，如有几个朋友谈天，谈到兴高采烈的时候各人都容易乘兴而言，即不失言也常要口气加重致超过原意之上，此种经验人人可有，移在文章上便使作者本意迷糊，若再有趋避的意识那就成为丑态，虽然迹甚隐微，但在略识古董的伙计看去则固显然可知也。往往有举世推尊的文章我看了胸中作恶，如古代的韩退之即其一也。因有前车之鉴，使我更觉文章不容易写，但此事于我总是一个好教训，实际亦有不少好处耳。

乙酉九月

石 板 路

　　石板路在南边可以说是习见的物事，本来似乎不值得提起来说，但是住在北京久了，现在除了天安门前的一段以外，再也见不到石路，所以也觉似有点稀罕。南边石板路虽然普通，可是在自己最为熟悉，也最有兴趣的，自然要算是故乡的，而且还是三十年前那时候的路，因为我离开家乡就已将三十年，在这中间石板恐怕都已变成了粗恶的马路了吧。

　　案《宝庆会稽续志》卷一《街衢》云："越为会府，衢道久不修治，遇雨泥淖几于没膝，往来病之。守汪纲亟命计置工石，所至缮砌，浚治其湮塞，整齐其欹崎，除衕陌之秽污，复河渠之便利，道涂堤岸，以至桥梁，靡不加葺，坦夷如砥，井里嘉叹。"

　　乾隆《绍兴府志》卷七引《康熙志》云："国朝以来衢路益修洁，自市门至委巷，粲然皆石甃，故海内有天下绍兴街之谣。然而生齿日繁，阛阓充斥，居民日夕侵占，以广市廛，初联接飞檐，后竟至丈余，为居货交易之所，一人作俑，左右效尤，街之存者仅容车马。每遇雨霁雪消，一线之径，阳焰不能射入，积至

五六日犹泥泞，行者苦之。至冬残岁晏，乡民杂遝，到城贸易百物，肩摩趾蹑，一失足则腹背为人蹂躏。康熙六十年，知府俞卿下令辟之，以石牌坊中柱为界，使行人足以往来。"

查志载汪纲以宋嘉定十四年权知绍兴府，至清康熙六十年整整是五百年，那街道大概就一直整理得颇好，又过二百年直至清末还是差不多。我们习惯了也很觉得平常，原来却有天下绍兴街之谣，这是在现今方才知道。小时候听唱山歌，有一首云：

> 知了喳喳叫，
>
> 石板两头翘，
>
> 懒惰女客困盹觉。

知了即是蝉的俗名，盛夏蝉鸣，路上石板都热得像木板晒干，两头翘起。又有歌述女仆的生活，主人乃是大家，其门内是一块石板到底。由此可知在民间生活上这石板是如何普遍，随处出现。我们又想到七星岩的水石宕，通称东湖的绕门山，都是从前开采石材的遗迹，在绕门山左近还正在采凿着，整座的石山就要变成平地，这又是别一个证明。普通人家自大门内凡是走路一律都是石板，房内用砖铺地，或用大方砖名曰地平，贫家自然也多只是泥地，但凡路必用石，即使在小村里也有一条石板路，阔只二尺，仅够行走。至于城内的街无不是石，年久光滑不便于行，则凿去一层，雨后即着日钉鞋行走其上亦不虞颠仆，更不必说穿草鞋的了。街市之杂遝仍如日志所说，但店家侵占并不多见，只是在大街两边，就店外摆摊者极多，大抵自轩亭口至江桥，几乎沿路接连不断，中间空路也就留存得有限，从前越中无车马，水行用船，陆行用轿，所以如改正旧文，当云仅容肩舆而已。这些摆摊的当然有好些花样，不晓得如今为何记不清楚，这不知究竟是为了年老健忘，还是嘴馋眼馋的缘故，记得最明白的却是那些水果摊子，满台摆满了秋白梨和苹果，一堆一角小洋，商人大张着嘴在那里嚷着叫卖。这种呼声也很值得记录，可惜也忘记了，只记得一点大意。石天基《笑得好》中有一则笑话，题目是《老虎诗》，其文曰：

"一人向众夸说，我见一首虎诗，作得极好极妙，

止得四句诗，便描写已尽。旁人请问，其人曰，头一句是甚的甚的虎，第二句是甚的甚的苦，旁人又曰，既是上两句忘了，可说下两句罢。其人仰头想了又想，乃曰，第三句其实忘了，还亏第四句记得明白，是很得很的意思。"市声本来也是一种歌谣，失其词句，只存意思，便与这老虎诗无异。叫卖的说东西贱，意思原是寻常，不必多来记述，只记得有一个特殊的例：卖秋白梨的大汉叫卖一两声，频高呼曰，来驮哉，来驮哉，其声甚急迫。这三个字本来也可以解为请来拿吧，但从急迫的声调上推测过去，则更像是警戒或告急之词，所以显得他很是特别。他的推销法亦甚积极，如有长衫而不似寒酸或啬刻的客近前，便云：拿几堆去吧。不待客人说出数目，已将台上两个一堆或三个一堆的梨头用右手搅乱归并，左手即抓起竹丝所编三文一只的苗篮来，否则亦必取大荷叶卷成漏斗状，一堆两堆的尽往里装下去。客人连忙阻止，并说出需要的堆数，早已来不及。普通的顾客大抵不好固执，一定要他从荷叶包里拿出来再摆好在台上，所以只阻止他不再加入，原要两堆如今已是四堆，也就多花两个角子算了。俗语云：捯卖情销，上边所说可以算作一个实例。路边除水果外一定还有些别的摊子，大概因为所卖货色小时候不大亲近，商人又不是那么大嚷大叫，所以不大注意，至今也就记不起来了。

与石板路有关联的还有那石桥。这在江南是山水风景中的一个重要分子，在画面上可以时常见到。绍兴城里的西边自北海桥以次，有好些大的圆洞桥，可以入画，老屋在东郭门内，近处便很缺少了，如张马桥、都亭桥、大云桥、塔子桥、马梧桥等，差不多都只有两三级，有的还与路相平，底下只可通小船而已。禹迹寺前的春波桥是个例外，还是小圆洞桥，但其下可以通行任何乌篷船，石级也当有七八级了。虽然凡桥虽低而两栏不是墙壁者，照例总有天灯用以照路，不过我所明了记得的却又只是春波桥，大约因为桥较大，天灯亦较高的缘故吧。这乃是一支木竿高约丈许，横木上着板制人字屋脊，下有玻璃方龛，点油灯，每夕以绳上下悬挂。翟晴江《无不宜斋稿》卷一《甘棠村杂咏》之十六《咏天灯》云："冥冥风雨宵，孤灯一杠揭。荧光散空虚，灿逾田烛设。夜间归人稀，隔林自明灭。"这所说是杭州的事，但大体也是一样。在民国以前，属于慈善性的社会事业，由民间有志者主办，到后来恐怕已经消灭了吧。其实就是在那时候，天灯的用处大半也只是一种装点，夜间走路的人除了夜行人外，总须得自携灯笼，单靠天灯是决不够的。拿了"便行"灯笼走着，忽见前面低空有一点微光，预告这里有一座石桥了，这当然也是有益的，同时也是有趣味的事。

　　　　　　　　三十四年十二月二日记，时正闻驴鸣

中国儿童文学

传世经典

南北的点心

中国地大物博，风俗与土产随地各有不同，因为一直缺少人纪录，有许多值得也是应该知道的事物，我们至今不能知道清楚，特别是关于衣食住的事项。我这里只就点心这个题目，依据浅陋所知，来说几句话，希望抛砖引玉，有旅行既广、游历又多的同志们，从各方面来报道出来，对于爱乡爱国的教育，或者也不无小补吧。

我是浙江东部人，可是在北京住了将近四十年，因此南腔北调，对于南北情形都知道一点，却没有深厚的了解。据我的观察来说，中国南北两路的点心，根本性质上有一个很大的区别。简单地下一句断语，北方的点心是常食的性质，南方的则是闲食。我们只看北京人家做饺子馄饨面总是十分苴实，馅决不考究，而用芝麻酱拌，最好也只是炸酱；馒头全是实心。本来是代饭用的，只要吃饱就好，所以并不求精。若是回过来走到东安市场，往五芳斋去叫了来吃，尽管是同样名称，做法便大不一样，别说蟹黄包干，鸡肉馄饨，就是一碗三鲜汤面，也是精细鲜美的。可是有一层，这决不可能吃饱当饭，一则因为价钱比较贵，二则昔时无此习惯。抗战以后上海也有阳春面，可以当饭了，但那是新时代的产物，在老辈看来，是不大可以为训的。我母亲如果在世，已有一百岁了，她生前便是绝对不承认点心可以当饭的，有时生点小毛病，不喜吃大米饭，随叫家里做点馄饨或面来充饥，即使一天里仍然吃过三回，她却总说今天胃口不开，因为吃不下饭去，因此可以证明那馄饨和面都不能算是饭。这种论断，虽然有点儿近于武断，但也可以说是有客观的佐证，因为南方的点心是闲食，做法也是趋于精细鲜美，不取茁实一路的。上文五芳斋固然是很好的例子，我还可以再举出南方做烙饼的方法来，更为具体，也有意思。我们故乡是在钱塘江的东岸，那里不常吃面食，可是有烙饼这物事。这里要注意的，是烙不读作老字音，乃是"洛"字入声，又名为山东饼，这证明原来是模仿大饼而作的，但是烙法却大不相同了，乡间卖馄饨面和馒头都分别有专门的店铺，唯独这烙饼只有摊，而且也不是每天都有，这要等到哪里有社戏，才有几个摆在戏台附近，供看戏的人买吃，价格是每个制钱三文，计油条价二文，葱酱和饼只要一文罢了。做法是先将原本两折的油条扯开，改作三折，在鏊盘上烤焦，同时在预先做好的直径约二寸，厚约一分的圆饼上，满搽红酱和辣酱，撒上葱花，卷在油条外面，再烤一下，就做成了。它的特色是油条加葱酱烤过，香辣好吃，那所谓饼只是包裹油条的东西，乃是客而非主，拿来与北方原来的大饼相比，厚大如茶盘，卷上黄酱与大

中国儿童文学
传世经典

葱，大嚼一张，可供一饱，这里便显出很大的不同来了。

上边所说的点心偏于面食一方面，这在北方本来不算是闲食吧。此外还有一类干点心，北京称为饽饽，这才当作闲食，大概与南方并无什么差别。但是这里也有一点不同，据我的考察，北方的点心历史古，南方的历史新，古者可能还有唐宋遗制，新的只是明朝中叶吧。点心铺招牌上有常用的两句话，我想借来用在这里，似乎也还适当，北方可以称为"官礼茶食"，南方则是"嘉湖细点"。

我们这里且来作一点烦琐的考证，可以多少明白这时代的先后。查清顾张思的《土风录》卷六，"点心"条下云：小食曰点心，见吴曾《漫录》。唐郑傪为江淮留后，家人备夫人晨馔，夫人谓其弟曰："治妆未毕，我未及餐，尔且可点心。"俄而女仆请备夫人点心，傪诟曰："适已点心，今何得又请！"由此可知点心古时即是晨馔。同书又引周辉《北辕录》云："洗漱冠栉毕，点心已至。"后文说明点心中馒头馄饨包子等，可知说的是水点心，在唐朝已有此名了。茶食一名，据《土风录》云："干点心曰茶食，见宇文懋《昭金志》：'婿先期拜门，以酒馔往，酒三行，进大软脂小软脂，如中国寒具，又进蜜糕，人各一盘，曰茶食。'"《北辕录》云："金国宴南使，未行酒，先设茶筵，进茶一盏，谓之茶食。"茶食是喝茶时所吃的，与小食不同，大软脂，大抵有如蜜麻花、蜜糕则明系蜜饯之类了。从文献上看来，点心与茶食两者原有区别，性质也就不同，但是后来早已混同了。本文中也就混用，那招牌上的话也只是利用现代文句，茶食与细点作同意语看，用不着再分析了。

　　我初到北京的时候，随便在饽饽铺买点东西吃，觉得不大满意，曾经埋怨过这个古都市，积聚了千年以上的文化历史，怎么没有做出些好吃的点心来。老实说，北京的大八件小八件，尽管名称不同，吃起来不免单调，正和五芳斋的前例一样，东安市场内的稻香村所做的南式茶食，并不齐备，但比起来也显得花样要多些了。过去时代，皇帝向在京里，他的享受当然是很豪华的，却也并不曾创造出什么来，北海公园内旧有"仿膳"，是前清御膳房的做法，所做小点心，看来也是平常，只是做得小巧一点而已。南方茶食中有些东西，是小时候熟悉的，在北京都没有，也就感觉不满足，例如糖类的酥糖、麻片糖、寸金糖，片类的云片糕、椒桃片、松仁片，软糕类的松子糕、枣子糕、蜜仁糕、桔红糕等。此外有缠类，如松仁缠、核桃缠，乃是在于果上包糖，算是上品茶食，其实倒并不怎么好吃。南北点心粗细不同，我早已注意到了，但这是怎么一个系统，为什么有这差异？那我也没有法子去查考，因为孤陋寡闻，而且关于点心的文献，实在也不知道有什么书籍。但是事有凑巧，不记得是哪一年，或者什么原因了，总之见到几件北京的旧式点心，平常不大碰见，样式有点别致的，这使我忽然大悟，心想这岂不是在故乡见惯的"官礼茶食"么？故乡旧式结婚后，照例要给亲戚本家分"喜果"，一种是干果，计核桃、枣子、松子、棒子，讲究的加荔枝、桂圆。又

129

一种是干点心，记不清它的名字。查范寅《越谚·饮食门》下，记有金枣和珑缠豆两种，此外我还记得有佛手酥、菊花酥和蛋黄酥等三种。这种东西，平时不通销，店铺里也不常备，要结婚人家订购才有，样子虽然不差，但材料不大考究，即使是可以吃得的佛手酥，也总不及红绫饼或梁湖月饼，所以喜果送来，只供小孩们胡乱吃一阵，大人是不去染指的。可是这类喜果却大抵与北京的一样，而且结婚时节非得使用不可。云片糕等虽是比较要好，却是决不使用的。这是什么理由？这一类点心是中国旧有的，历代相承，使用于结婚仪式。一方面时势转变，点心上发生了新品种，然而一切仪式都是守旧的，不轻易容许改变，因此即使是送人的喜果，也有一定的规矩，要定做现今市上不通行了的物品来使用。同是一类茶食，在甲地尚在通行，在乙地已出了新的品种，只留着用于"官礼"，这便是南北点心情形不同的缘因了。

上文只说得"官礼茶食"，是旧式的点心，至今流传于北方。至于南方点心的来源，那还得另行说明。"嘉湖细点"这四个字，本是招牌和仿单上的口头禅，现在正好借用过来，说明细点的起源。因为据我的了解，那时期当为前明中叶，而地点则是东吴西浙，嘉兴湖州正是代表地方。我没有文书上的资料，来证明那时吴中饮食丰盛奢华的情形，但以近代苏州饮食风靡南方的事情来作比，这里有点类似。明朝自永乐以来，政府虽是设在北京，但文化中心一直还是在江南一带。那里官绅富豪生活奢侈，茶食一类也就发达起来。就是水点心，在北方作为常食的，也改作得特

中国儿童文学
传世经典

别精美，成为以赏味为目的的闲食了。这南北两样的区别，在点心上存在得很久，这里固然有风俗习惯的关系，一时不易改变；但在"百花齐放"的今日，这至少该得有一种进受了吧。其实这区别不在于质而只是量的问题，换一句话即是做法的一点不同而已，我们前面说过，家庭的鸡蛋炸酱面与五芳斋的三鲜汤面，固然是一例。此外则有大块粗制的窝窝头，与"仿膳"的一碟十个的小窝窝头，也正是一样的变化。北京市上有一种爱窝窝，以江米煮饭捣烂（即是糍粑）为皮，中裹糖馅，如元宵大小。李光庭在《乡言解颐》中说明它的起源云：相传明世中官有嗜之者，因名御爱窝窝，今但曰爱而已。这里便是一个例证，在明清两朝里，窝窝头一件食品，便发生了两个变化了。本来常食闲食，都有一定习惯，不易轻轻更变，在各处都一样是闲食的干点心则无妨改良一点做法，做得比较精美，在人民生活水平日益提高的现在，这也未始不是切合实际的事情吧。国内各地方，都富有不少有特色的点心，就只因为地域所限，外边人不能知道，我希望将来不但有人多多报道，而且还同土产果品一样，陆续输到外边来，增加人民的口福。

1956 年 7 月

水乡怀旧

　　住在北京很久了，对于北方风土已经习惯，不再怀念南方的故乡了，有时候只是提起来与北京比对，结果却总是相形见绌，没有一点儿夸示的意思。譬如说在冬天，民国初年在故乡住了几年，每年脚里必要生冻疮，到春天才脱一层皮，到北京后反而不生了，但是脚后跟的斑痕四十年来还是存在。夏天受蚊子的围攻，在南方最是苦事，白天想写点东西只有在蚊烟的包围中，才能勉强成功，但也说不定还要被咬上几口，北京便是夜里我也是不挂帐子的。但是在有些时候，却也要记起它的好处来的，这第一便是水。因为我的故乡是在浙东，乃是有名的水乡，唐朝杜荀鹤送人游吴的诗里说：

　　　　　君到如苏见，人家尽枕河。
　　　　　古宫闲地少，水港小桥多。

　　他这里虽是说的姑苏，但在别一首里说："去越从吴过，吴

疆与越连。"这话是不错的，所以上边的话可以移用，所谓"人家尽枕河"，实在形容得极好。北京照例有春旱，下雪以后绝不下雨，今年到了六月还没有透雨，或者要等到下秋雨了吧。在这样干巴巴的时候，虽是常有的几乎是每年的事情，便不免要想起那"水港小桥多"的地方有些事情来了。

在水乡的城里是每条街几乎都有一条河平行着，所以到处有桥，低的或者只有两三级，桥下才通行小船，高的便有六七级了。乡下没有这许多桥，可是汊港纷歧，走路就靠船只，等于北方的用车，有钱的可以专雇，工作的人自备有"出坂"船，一般普通人只好趁公共的通航船只。这有两种，其一名曰埠船，是走本县近路的，其二曰航船，走外县远路，大抵夜里开，次晨到达。埠船在城里有一定的埠头，早上进城，下午开回去，大抵水陆六七十里，一天里可以打来回的，就都称为埠船，埠船总数不知道共有多少，大抵中等的村子总有一只，虽是私人营业，其实可以算是公共交通机关，鲁迅短篇小说集《彷徨》里有一篇讲离婚的小说，说庄木三带领他的女儿往庞庄找慰老爷去，即是坐了埠船去的，但是他在那里使用国语称作航船，小说又重在描画人物，关于埠船的东西没有什么描写。这是一种白篷的中型的田庄船，两旁直行镶板，并排坐人，中间可以搁放物件。船钱不过一二十文吧，看路的远近，也不一定。乡村的住户是固定的，彼此都是老街坊，或者还是本家，上船一看乘客差不多是熟人，坐下就聊起天来，这里的空气与那远路多是生客的航船便很有点不同。航船走的多是从前的驿路，终点即是驿站，它的职业是送往迎来的事，埠船却办着本村的公用事业，多少有点给地方服务的意思，不单是营业，它不但搭客上下，传送信件，还替村里代办货物，无论是一斤麻油，一尺鞋面布，或是一斤淮蟹，只要店铺里有的，都可以替你买来，他们也不写账，回来时只凭着记忆，这是三六叔的旱烟五十六文，这是七斤嫂的布六十四文，一件都不会遗漏或是错误。它载人上城，并且还代人跑街，这是很方便的事，但是也或者有人，特别是女太太们，要嫌憎买的不很称心，那么只好且略等候，等"船店"到来的时候，自己买了。城市里本有货郎担，挑着担子，手里摇着一种雅号"惊闺"或是"唤娇娘"的特制的小鼓，方言称之为"袋络担"，据孙德祖的《寄龛乙志》卷四里说："货郎担越中谓之袋络担，是货什杂布帛及丝线之属，其初盖以络索担囊橐衔且售，故云。"后来却是用藤竹织成，叠起来很高的一种箱担了，但在水乡大约因为行走不

便，所以没有，却有一种便于水行的船店出来，来弥补这个缺憾。这外观与普通的埠船没有什么不同，平常一个人摇着橹，到得行近一个村庄，船里有人敲起小锣来，大家知道船店来了，一哄地挤到河岸头，各自买需要的东西，大概除柴米外，别的日用品都可以买到，有洋油与洋灯罩，也有芒麻鞋面布和洋头绳，以及丝线。这是旧时代的办法，其实却很是有用的。我看见过这种船店，乘过这种埠船，还是在民国以前，时间经过了六十年，可能这些都已没有了也未可知，那么我所追怀的也只是前尘梦影了吧。不过如我上文所说，这些办法虽旧，用意却都是好的，近来在报上时常看见，有些售货员努力到山乡里去送什货，这实在即是开船店的意思，不过更是辛劳罢了。

1963 年 8 月

儿童的书

　　美国斯喀德（Scudder）在《学校里的儿童文学》一篇文里曾说，"大多数的儿童经过了小学时期，完全不曾和文学接触。他们学会念书，但没有东西读。他们不曾知道应该读什么书。"凡被强迫念那书贾所编的教科书的儿童，大都免不掉这个不幸，但外国究竟要比中国较好，因为他们还有给儿童的书，中国则一点没有，即使儿童要读也找不到。

　　据我自己的经验讲来，我幼时念的是"圣贤之书"，却也完全不曾和文学接触，正和念过一套书店的教科书的人一样。后来因为别的机缘，发见在那些念过的东西以外还有可看的书，实在是偶然的幸运。因为念那圣贤之书，到十四岁时才看得懂"白话浅文"，虽然也看《纲鉴易知录》当日课的一部分，但最喜欢的却是《镜花缘》。此外也当然爱看绣像书，只是绣得太是呆板了，所以由《三国志演义》的绘图转到《尔雅图》和《诗中画》一类那里去了。中国向来以为儿童只应该念那经书的，以外并不给预备一点东西，让他们自己去挣扎，止那精神上的饥饿；机会好一

点的，偶然从文字堆中——正如在秽土堆中捡煤核的一样——掘出一点什么来，聊以充腹，实在是很可怜的。这儿童所需要的是什么呢？我从经验上代答一句，便是故事与画本。

二十余年后的今日，教育文艺比那时发达得多了，但这个要求曾否满足，有多少适宜的儿童的书了么？我们先看画本罢。美术界的一方面因为情形不熟，姑且不说绘画的成绩如何，只就儿童用的画本的范围而言，我可以说不会见到一本略好的书。不必说克路轩克（Cruikshank）或比利平（Bilibin）等人的作品，就是如竹久梦二的那些插画也难得遇见。中国现在的画，失了古人的神韵，又并没有新的技工。我见许多杂志及教科书上的图都不合情理，如阶石倾斜，或者母亲送四个小孩去上学，却是一样的大小。这样日常生活的景物还画不好，更不必说纯凭想象的童话绘了，——然这童话绘却正是儿童画本的中心，我至今还很喜欢看鲁滨孙等人的奇妙的插画，觉得比历史绘更为有趣。但在中国却一册也找不到。幸而中国没有买画本给小儿做生日或过节的风气，否则真是使人十分为难了。儿童所喜欢的大抵是线画，中国那种的写意画法不很适宜，所以即使往古美术里去找也得不到什么东西，偶然有些织女钏馗等画略有趣味，也稍缺少变化；如焦秉贞的《耕织图》却颇适用，把他翻印出来，可以供少年男女的翻阅。

儿童的歌谣故事书，在量上是很多了，但在质上未免还是疑问。我以前曾说过：

大抵在儿童文学上有两种方向不同的错误：一是太教育的，即偏于教训；一是太艺术的，即偏于玄美；教育家的主张多属于前者，诗人多属于后者。其实两者都不对，因为他们不承认儿童的世界。

　　中国现在的倾向自然多属于前派，因为诗人还不曾着手于这件事业。向来中国教育重在所谓经济，后来又中了实用主义的毒，对儿童讲一句话，眨一眨眼，都非含有意义不可，到了现在这种势力依然存在，有许多人还把儿童故事当作法句譬喻看待。我们看那《伊索寓言》后面的格言，已经觉得多事，更何必去模仿他。其实艺术里未尝不可寓意，不过须得如做果汁冰酪一样，要把果子味混透在酪里，绝不可只把一块果子皮放在上面就算了事。但是这种作品在儿童文学里，据我想来本来还不能算是最上乘，因为我觉得最有趣的是有那无意思之意思的作品。安徒生的《丑小鸭》，大家承认他是一篇佳作，但《小伊达的花》似乎更佳；这并不因为他讲花的跳舞会，灌输泛神的思想，实在只因他那非教训的无意思，空灵的幻想与快活的嬉笑，比那些老成的文字更与儿童的世界接近了。我说无意思之意思，因为这无意思原自有他的作用，儿童空想正旺盛的时候，能够得到他们的要求，让他们愉快的活动，这便是最大的实益。至于其余观察记忆，言语练习等好处即使不说也罢。总之，儿童的文学只是儿童本位

的，此外更没有什么标准。中国还未曾发现了儿童，——其实连个人与女子也还未发现，所以真的为儿童的文学也自然没有，虽市场上摊着不少的卖给儿童的书本。

艺术是人人的需要，没有什么阶级性别等等差异。我们不能指定这是工人的，那是女子所专有的文艺，更不应说这是为某种人而作的；但我相信有一个例外，便是"为儿童的"。儿童同成人一样需要文艺，而自己不能造作，不得不要求成人的供给。古代流传下来的神话传说，现代野蛮民族里以及乡民及小儿社会里通行的歌谣故事，都是很好的材料，但是这些材料还不能就成为"儿童的书"，须得加以编订才能适用。这是现在很切要的事业，也是值得努力的工作。凡是对儿童有爱与理解的人都可以着手去做，但在特别富于这种性质而且少有个人的野心之女子们，我觉得最为适宜。本于温柔的母性，加上学理的知识与艺术的修养，便能比男子更为胜任。我固然尊重人家的创作，但如见到一本为儿童的美的画本或故事书，我觉得不但尊重而且喜欢，至少也把他看得同创作一样的可贵。

冬天的麻雀

　　我们住房的前面是一个院子,窗外东边是一株半枯的丁香和一丛黄刺梅，西边稍远是一棵槐树，虽在初春还是光光的树枝，同冬天一个样子，显得很是寂寞。院子里养着两只鸡，原是一公一母，可是母的是油鸡，公的却是来杭鸡。因为当初本有十几只小鸡，内有来杭鸡与油鸡两种，经野猫与家猫的侵略，逐渐减少，等到把家猫送了人，野猫赶走了的时候，剩下来的小鸡也就只有这两只了。它们宿在院子西北隅的一个柳条篓内，白天在阶下啄食，每到相当时候如不给撒点红高粱之类，公鸡便会飞上窗沿来，看里边的人为什么那么怠惰，还有一群揩油的麻雀，常停在黄刺梅丛中等候，这时也有一两只飞进门来，碰着玻璃发出声响。公鸡平常见了猫和小孩子要追了去啄或是脚踢，对于麻雀却并不排斥，让它们一同吃着，有人开门出去，麻雀才成阵地逃去，但仍旧坐在黄刺梅枝上，看人也颇信任似的，大概谅解主人们是无心机的吧。那些麻雀似乎相当肥胖，想必每天要分去好些鸡的口粮，乡下有俗语云，"只要年成熟，麻鸟吃得几颗谷"，虽是旧思想，也说得不无理由。麻雀吃了些食料，既不会生蛋，我们也不想吃它的肉，自然是白吃算了，可是它们平时分别在檐前树上或飞或坐，任意鸣叫，叽叽喳喳的虽然不成腔调，却也好听，特别是在这时候仿佛觉得春天已经来了，比笼养着的名贵的鸣禽听了更有意思。

我前年在上海居于横浜河畔，自冬徂夏有半年多，却不曾见到几只麻雀，即此一端，我也觉得北京要比上海为好了。

种花和种菜

　　小时候我们种过些花，虽然不是什么奇花异卉，或是花谱上有名的品种，只是极普通的野花，然而有一种天然的生趣，仿佛是市井的花所没有的。平常人家一定养一盆据说能辟火烛的万年青，其次种几株天竹，这与万年青同样的结有鲜红的果实，因此说有同样的功用。这些必备的东西以外，我们家里有盆文竹，因为是父亲的手植遗爱，所以加以爱护，其实这并没有什么好看，只取其细碎一片，有小竹院子之意思，觉得好玩而已。

　　觉得有兴趣的是拔野花来种，大都是不经人培养的，主要是"老勿大"和映山红，《花镜》上有记录叫作"平地木"，和普通所谓羊踯躅。这都在山上野生，要去拔来种，平常没有机会，便只可趁上坟的时候了。平地木是长两三寸的小树，树叶常绿，开白花结子如天竹，多者每颗四五粒，不过在山中时至多也只有两三粒罢了。因为名称的关系，民间相传它是滋补的，根可以当药，但是我们只因为它好看，当作玩赏植物来看而已。映山红是普通的植物，但是平常不易得，因为在山里根株很大，每年当柴火砍掉，长出来的嫩枝很细，往往无从下手，所以变得名贵难得了。此外有一种黄色的羊踯躅，俗名牛郎花，是有毒的，虽是难得，种的人也就少了。

种花的兴趣，第一还是在于自己去找来，若是平常向人家要来，或是出钱买来的东西，比较差得多了。就是先人所留下的，也并不感觉有趣，虽然特别尊重一点也是有的。自己从山里得来的植物，有它一段发现的历史，鲜红的花从叶丛中显露出来，或者红润的珠子似的果实两个三个露脸，保留当时的惊喜。还有拔取的时候，也很费好些气力，说不定便拔不到根，一下子就拔断了，明明有着很好的枝叶和果实，却没有根可以种活。拔平地木的时候最为困难，往往十株难得两三株好的，因此能够种植倍觉可以珍重。至于要几株黄瓜秧和茄子，自加种植，夏天早晨起巡视一趟，看黄瓜长成大条，像海参似的壮大，茄子可以饭里焐熟了，撕了做菜，那又是别有一种兴趣。这与上面所说的情形不一样，但也可以说是有点相近，都是由于出自自己的努力这一点吧。

儿童的文学

今天所讲儿童的文学换句说便是"小学校里的文学"。美国的斯喀特尔（H·E·Scudder）麦克林托克（P·L·Maclintock）诸人都有这样名称的书，说明文学在小学教育上的价值，他们以为儿童应该读文学的作品，不可单读那些商人杜撰的读本。读了读本，虽然说是识字了，却不能读书，因为没有读书的趣味。这话原是不错，我也想用同一的标题，但是怕要误会以为是主张叫小学儿童读高深的文学作品所以改作今称，表明这所谓文学，是单指"儿童的"文学。

以前的人对于儿童多不能正当理解，不是将他当作缩小的成人，拿"圣经贤传"尽量地灌下去，便将他看作不完全的小人，说小孩懂得甚么，不去理他。近来才知道儿童在生理心理上，虽然和大众有点不同，但他仍是完全的个人，有他自己的内外两面的生活。儿童期的二十几年的生活，一面固然是成人生活的预备，但一面也自有独立的意义与价值；因为全生活只是一个生长，我们不能指定那一截的时期，是真正的生活。我以为顺应自然生活各期，——生长，成熟，老死，都是真正的生活。所以我们对于误认儿童为缩小的成人的教法，固然完全反对，就是都不承认儿童的独立生活的意见，我们也不以为然。那全然蔑视的不必说了，在诗歌里鼓吹合群，在故事里提倡爱国，专这将来设想，不顾现在儿童生活的需要的办法，也不免浪费了儿童的时间，缺损了儿童的生活。我想儿童教育，是应当依了他内外两面的生活的需要，适如其分地供给他，使他生活满足丰富，至于因了这供给的材料与方法而发生的效果，那是当然有的副产物，不必是供给时的唯一目的物。换一句话说，因为儿童生活上有文学的需要，我们供给他，便利用这机会去得一种效果，——与儿童将来生活上有益的一种思想或习性，当作副产物，并不因为要得这效果，便不管儿童的需要如何，供给一种食料，强迫他吞下去。所以小学校里的文学的教材与教授，第一须注意于"儿童的"这一点，其次才是效果，如读书的趣味，智情与想像的修养等。

儿童生活上何以有文学的需要？这个问题，只要看文学的起源的情形，便可以明白。儿童哪里有自己的文学？这个问题，只要看原始社会的文学的情形，便可以明白。照进化说讲来，人类的个体发生原来和系统发生的程序相同：胚胎时代经过生物进化的历程，儿童时代又经过文明发达的历程；所以儿童学（Paisologie）上的许多事项，可以借了人类学（Anthropologie）上的事项来作说明。文学的起源，本由于原人的对于自然的畏惧与好奇，凭了

中国儿童文学
传世经典

想象，构成一种感情思想，借了言语行动表现出来，总称是歌舞，分起来是歌、赋与戏曲小说。儿童的精神生活本与原人相似，他的文学是儿歌童话，内容形式东但多与原人的文学相同，而且有许多还是原始社会的遗物，常含有野蛮或荒唐思想。儿童与原人的比较，儿童的生物学与原始的文学的比较，现在已有定论，可以不必多说；我们所要注意的，只是在于怎么样能够适当地将"儿童的"文学供给与儿童。

近来有许多人对于儿童的文学，不免怀疑，因为他们觉得儿歌童话中多有荒唐乖谬的思想，恐于儿童有害。这个疑惧本也不无道理，但我们有这两种根据，可以解释它：

第一，我们承认儿童有独立的生活，就是说他们内面的生活与大人不同，我们应当客观地理解他们，并加以相当的尊重。婴儿不会吃饭，只能给他乳吃；不会走路，只好抱他：这是大家都知道的。精神上的情形，也正同这个一样。儿童没有一个不是拜物教的，他相信草木能思想，猫狗能说话，正是当然的事；我们要纠正他，说草木是植物猫狗是动物，不会思想或说话，这事不但没有什么益处，反是有害的，因为这样使他们的生活受了伤了。即使不说儿童的权利那些话，但不自然地阻遏了儿童的想像力，也就所失很大了。

第二，我们又知道儿童的生活，是转变的生长的。因为这一层，所以我们可以放胆供给儿童需要的歌谣故事，不必愁他有什么坏影响，但因此我们又更须细心斟酌，不要使他停滞，脱了正

当的轨道。譬如婴儿生了牙齿可以吃饭，脚力强了可以走路了，却还是哺乳提抱，便将使他的胃肠与脚的筋肉反变衰弱了。儿童相信猫狗能说话的时候，我们便同他们讲猫狗说话的故事，不但要使得他们喜悦，也因为知道这过程是跳不过的——然而又自然地会推移过去的，所以相当的对付了，等到儿童要知道猫狗是什么东西的时候，我们可以再将生物学的知识供给他们，倘若不问儿童生活的转变如何，只是始终同他们讲猫狗说话的事，那时这些荒唐乖谬的弊害才真要出来了。

据麦克托林克说，儿童的想像如被迫压，他将失了一切的兴味，变成枯燥的唯物的人；但如被放纵，又将变成梦想家，他的心力都不中用了。所以小学校里的正当的文学教育，有三种作用：①顺应满足儿童之本能的兴趣与趣味；②培养并指导那些趣味；③唤起以前没有的新的兴趣与趣味。这①便是我们所说的供给獐文学的本意，②与③是利用这机会去得一种效果。但怎样才能恰当地办到呢？依据儿童心理发达的程序与文学批评的标准于教材选择与教授方法上，加以注意，当然可以得到若干效果。教授方法的话可以不必多说了，现在只就教材选择上，略略说明以备参考。

儿童学上的分期，大约分作四期，一婴儿期（一至三岁），二幼儿期（三至十），三少年期（十至十五），四青年期（十五至二十）。我们现在所说的是学校里一年至六年的儿童，便是幼儿期及少年期的前半，至于七年以上所谓中学程度的儿童，这回不

暇说及，当俟另外有机会再讲了。

幼儿期普遍又分作前后两期，三到六岁为前期，又称幼稚园时期六至十为后期，又称初等小学时期。前期的儿童，心理的发达上最旺盛的是感觉作用，其他感情意志的发动也多以感觉为本，带头冲动的性质，这时期的想像，也只是所动的，就是联想的及模仿的两种，对于现实与虚幻，差不多没有什么区别。到了后期，观察与记忆作用逐渐发达，得了各种现实的经验，想像作用也就受了限制，须与现实不相冲突，才能容纳；若表现上面，也变了主动的，就是所谓构成的想像了，少年期的前半大抵也是这样，不过自我意识更为发达，关于社会道德等的观念，也渐明白了。

约略根据这个程序，我们将各期的儿童的文学分配起来，大略如下。

幼儿前期

（1）诗歌：这时期的诗歌，第一要注意的是声调。最好是用现有的儿歌，如北平的"水牛儿""小耗子"都可以用，就是那趁韵而成的如"忽听门外人咬狗"，咒语一般的决择歌如"铁脚斑斑"，只要音节有趣，也是一样可用的，因为幼儿唱歌只不好听，内容意义不甚紧要，但是粗俗的歌词也应该排斥，所以选择诗歌不必积极地罗致名著，只须消极加以别择便好了。古今诗里

有适宜的，当然可用；但特别新做的儿歌，我反不大赞成，因为这是极难的，难得成功的。

（2）寓言：寓言实在只是童话的一种，不过略为简短，又多含着教训的意思，普通就称作寓言。在幼儿教育上，它的价值单在故事的内容，教训实是可有可无；倘这意义是自明的，儿童自己能够理会，原也很好，如借此去教修身的大道理，便不免谬了。这不但因为在这时期教了不能了解，且恐要养成曲解的癖，于将来颇有弊病。象征的著作须得在少年期的后期（第六七年学）去读，才有益处。

（3）天然故事：童话也最好利用原有的材料，但现在的尚未有人收集，古书里的须待修订，没有恰好的童话信箱可用。翻译别国的东西，也是一法，只须稍加审择便好。本来在童话里，保存着原始的野蛮的思想制度，比别处更多。虽然我们说过儿童是小野蛮，喜欢荒唐乖谬的故事，本是当然，但有几种也不能不注意：就是凡过于悲哀、苦痛、残酷的，不宜采用。神怪的事只要不过恐怖的即席，总还无妨；因为将来理智发达，儿童自然会不再相信这些，若是过于悲哀或痛苦，便永远在脑里留下一个印象，不会消灭，于后来思想上很有影响；至于残酷的害，更不用说了。

幼儿后期

（1）诗歌：这期间的诗歌不只是形式重要，内容也很重要了；读了固然要好听，还要有意思，有趣味。儿歌也可应用，前期读过还可以重读，前回听他的音，现在认他的文字与意义，别有一种兴趣。文学的作品倘有可采用的，极为适宜，但恐不多。如选取新诗，须择叶韵而声调和谐的；但有词调小曲调的不取，抽象描写或讲道理的也不取。儿童是最能分行而又最是保守的；他们所喜欢的诗歌，恐怕还是五七言以前的声调，所以普通的诗难得受他们的赏鉴；将来的新诗人能够超越时代，重新寻到自然的音节，那时真正的新的儿歌才能出现了。

（2）童话：小学的初年还可以用普通的童话，但是以后儿童辨别力渐强，对于现实与虚幻已经分出界限，所以童话里的想像也不可太与现实分离；丹麦安兑尔然（Hans C·Andersen）作的童话集里，有许多适用的材料。传说也可以应用，但应当注意，不可过量地鼓动崇拜英雄的心思；或助长粗暴残酷的行为。中国小说里的《西游记》讲神怪的事，却与《封神传》不同，也算纯朴率真，有几节可能当童话用。《今古奇观》等书里边，也有可取的地方，不过须加以修订才能适用罢了。

（3）天然故事：这是寓言的一个变相；以前读寓言是为他的故事，现在却是为他所讲的动物生活。儿童在这时期好奇心很是旺盛，又对于牲畜及园艺极热心，所以给他读这些故事，随后引到记述天然的著作，便很容易了。但中国这类著作非常缺少，不得不取材于译书，如《万物一览》等书了。

中国儿童文学
传世经典

少 年 期

（1）诗歌：文言可以应用，如唐代的乐府及古诗里多有好的材料；中国缺少叙事的民歌（Ballad），只有《孔雀东南飞》等几篇可以算得佳作，《木兰行》便不大适用。这时期的儿童对于普通的儿歌，大抵已经没有什么趣味了。

（2）传说：传说与童话相似，只是所记的是有名英雄，虽然也含有空想分子，比较近于现实。在自我意识团体精神渐渐发达的时期这类故事，颇为合宜；但容易引起不适当的英雄崇拜与爱国心，极须注意，最好采用各国的材料，使儿童知道人性里共通的地方，可以免去许多偏见。奇异而有趣味的，或真切而合乎人情的，都可采用；但讲明太祖、拿破仑等的故事，还以不用为宜。

（3）写实的故事：这与现代的写实小说不同，单指多含现实分子的故事，如欧洲的《鲁滨孙》（Robimson Crusoe）或《吉柯德先生》（Don Quixote）而言。中国的所谓社会小说里，也有可取的地方，如《儒林外史》及《老残游记》之类，纪事叙景都可，只不要有玩世的口气，也不可有夸张或感伤的"杂剧的"气味。《官场现行记》与《广陵潮》没有什么可取，便因为这个缘故。

（4）寓言：这时期所教的寓言，注重其意义，助成儿童理智发达。希腊及此外欧洲寓言作家的作品都可选用；中国古文及佛

经里也有许多很好的譬喻。但寓言的教训，多是从经验出来，不是凭理论的，所以尽有顽固或背谬的话，用时应当注意，又篇末大抵附有训语，可以删去，让儿童自己去想，指定了反妨害他们的活动了。滑稽故事此时也可以用，童话里本有这一部类，不过用在此刻也偏重意义罢了。古书如《韩非子》等的里边，颇有可用的材料，大都是属于理智的滑稽，就是所谓机智。感情的滑稽实例很少；世俗大多数的滑稽都是感觉的，没有文学的价值了。

（5）戏曲：儿童的游戏中本含有戏曲的原质，现在不过伸张综合了，适应他们的需要。在这里边，他们能够发扬模仿的及构成的想像作用得到团体游戏的快乐，这虽然是指实演而言，但诵读也别有兴趣，不过这类著作，中国一点都没有，还须等人去研究创作；能将所读的传说去戏剧化，原是最好，却又极难，所以也只好先从翻译入手了。

以上约略就儿童的各期，分配应用的文学种类还只是理论上的空谈，须经过实验，才能确实的编成一个详表。以前所说多偏重"儿童的"，但关于"文学的"这一层，也不可将他看轻；因为儿童所需要的是文学，并不是商人杜撰的各种文章，所以选用的时候还应当注意文学的价值。所谓文学的，却也并非要引了文学批评的条例，细细地推敲，只是说须有文学趣味罢了。文章单纯、明了、匀整；思想真实普遍：这条件便已完备了。麦克林托克说，小学校里的文学有两种重要的作用：①表现具体的影象，②造成组织的全体；文学之所以能培养指导及唤起儿童的新

的兴趣与趣味，大抵由于这个作用；所以这两条件，差不多就可以用作儿童文学的艺术上的标准了。

中国向来对于儿童，没有正当的理解，又因为偏重文学，所以在文学中可以供儿童之用的，实在绝无仅有；但是民间口头流传的也不少，古书中也有可用的材料，不过没有人采集或修订了，拿来应用研究，坊间有几种唱歌和童话，却多是不合条件，不适于用。我希望有热心人，结合一个小团体，起手研究，逐渐收集各地歌谣故事，修订古书里的材料，翻译外国的著作，编成几部书，供家庭学校的用，一面又编成儿童用的小册，用了优美的装帧，刊印出去，于儿童教育有许多的功效。我以前因为汉字困难，怕这事不大容易成功，现在有了注音字母，可以不必多愁了。但插画一事，仍是为难。现今中国画报上的插画，几乎没有一张过得去的，要寻能够为儿童书作插画的，自然更不易得了，这真是一件可惜的事。

小　人　书

　　这一种书在北方习惯叫"小人书"，不晓得这里是什么名称，在路上却是时常看见，根本和北方是一样的。马路边上摆设一个摊，放着许多横长的小册子，八分图画，两分文字，租给人看，看的人偶然也有大人，但十九都是小孩，所以称做小人书确是名副其实的。我每次看见时总不免发生感慨，这如演说滥调所说的有两个感想：其一是小孩们这样喜欢看书，很是可喜；其二则是大人们的惭愧，我们不曾有什么好书做出来给他们看。神仙妖怪、英雄强盗、才子佳人的故事，古今来写了不少，自然，不能算好，可是现在没有更好的，他们饥不择食地吞吃，这也怪不得他们，同样的怪不得印造和出租的人们。问题是要有好的替代品，要叫穷人莫吃米糠榆树皮，必须供给棒子面小米才行，空讲卫生的道理是没有用。

　　说是没有替代品，那也是不合事实的，市面上的儿童书报出版得很不少了，不过那都是面包洋点心，普通人家是吃不起的，而且吃了也不充饥，乃是一个更大的缺点。花了几百几千的金圆

买得一册故事漫画等，一翻就翻完了，现在这时候或者不能单怨书价之贵，而价贵却是事实，其内容之廉则又与其价成反比例，也是一样的事实。我直觉地感到，这些书与其说是为儿童所作，无宁说全是为编者出版者自己而作的，更是近于真理。这句话说得很有点傻，商业的出版本来都是如此，何必大惊小怪，自然也是言之成理。不过我总觉得骗小人手里的铜钱似乎不应该，虽然骗大人没有多大关系，因为他们也在那里骗人的。

我看小人书摊上一本本的横长册子，材料虽是陈旧一点，内容总是充实的，结实一厚本，禁得起翻看，同时已赚了钱，总算还对得起主顾的。新的儿童书也要能够这样子，那就好了。可是现今是商业世界，大家讲赚钱愈讲愈精，后来居上，要想劝人赔本或是够本为儿童服务出版，那是道地的梦话，不但听的人要咧了嘴笑，就是自己如不在做梦也是说不出口的。给儿童供给书物，正与整个

的儿童教养一样，我想原是国家的责任，应由国立机关大规模地来办，那么大赔其钱可以全不在乎，物美固然难说，而价廉可以做到，至少是货真，即内容总可更为充实了。不过这也是同样的一个梦，是很渺茫的。自然比较上二者也稍有差别，前者之梦有如一匹骆驼通过针眼，只有在戏法中乃能遇见者也。

中国儿童文学
传世经典

画小人书

　　我知道我自己的能力，遇见有些事情，晓得力量不够的时候，虽然有着这勇气，却总不敢动手去做。这样的事情，当时心里不免稍有留恋，但随后也就放下了。只是有一件事，屡次想起，至今还要觉得懊恼的，那便是不曾学画，不会画小人书里图像。

　　小人书的意义真是重大得很，特别在这时候，小孩们的需求也很大，只可惜没有足够的好书来供给他们。编是自己知道才力不及，没有经验，而且现在有齐公等人在那里，怎么掰得上旁去。倒是画的方面看了时常动念，若是能来画它几张岂不很好，结果

自然是力不从心，想过只好放下，不过这放下了还要想起，与别的事情不同。

历史画与风俗画都要预备知识，专来画些小人儿，不要像个缩小的大人，在江湖上经过许多风波，脸上没有多大表情的，却是幼小天真的小男女，眼睛里还没有映射出人世悲哀之光的半超自然的生物，那该是多么好玩呀。这种画虽是少，世间总还是有的，我真真悔不该没好好地学画，不然就是临也可以临几张出来，岂不是于人于己都有益的事么。